Knaur

Von Leo Perutz sind außerdem erschienen:

Der Meister des Jüngsten Tags (Band 03207)
Die dritte Kugel (Band 03204)
Zwischen neun und neun (Band 03205)
Turlupin (Band 03206)
Der Judas des Leonardo (Band 03208)
Der Marques de Bolibar (Band 03212)
Sankt Petri-Schnee (Band 03213)
Herr, erbarme dich meiner (Band 03214)
Wohin rollst du, Äpfelchen (Band 03215)
Schwedische Reiter (Band 63012)
Nachts unter der steinernen Brücke (Band 63036)

Über den Autor:

Leo Perutz, 1884 in Prag geboren, veröffentlichte im Wien der zwanziger Jahre seine größten literarischen Erfolge. *Das Mangobaumwunder* ist in Zusammenarbeit mit Paul Frank entstanden. 1938 emigrierte Leo Perutz nach Palästina. Er starb 1957 bei einem Besuch in Bad Ischl.

Leo Perutz / Paul Frank

Das Mangobaumwunder

Eine unglaubwürdige Geschichte

Roman

Knaur

Vollständige Taschenbuchausgabe August 1998
Droemersche Verlagsanstalt Th. Knaur Nachf., München
Copyright © 1991 by Langen Müller in der F. A. Herbig Verlagsbuchhandlung GmbH, München
Medienrechte für Film, TV, Hörfunk und Bühne liegen bei
Thomas Sessler Verlag GmbH, Wien
Alle Rechte vorbehalten. Das Werk darf – auch teilweise – nur mit Genehmigung des Verlages wiedergegeben werden.
Umschlaggestaltung: Agentur ZERO, München
Umschlagfoto: AKG, Berlin
Satz: Ventura Publisher im Verlag
Druck und Bindung: Clausen & Bosse, Leck
Printed in Germany
ISBN 3-426-60100-1

5 4 3 2 1

Eine späte Visite

Doktor phil. und med. Kircheisen, der bekannte Toxikologe, war an jenem Abende gerade im Begriffe, eine seit langem geplante Erholungsreise anzutreten. Er befand sich in der nervös-erregten Stimmung eines Menschen, der, an sein ruhiges und bequemes Schlafzimmer gewöhnt, sich nunmehr mit dem Gedanken vertraut machen muß, die Nacht im Eisenbahnwagen zu verbringen.
Zum sechstenmal sah er auf die Uhr – es war immer noch erst dreiviertel sieben. So begann er von neuem der Reihe nach an sämtlichen Laden seines Schreibtisches zu rütteln. Alles war richtig verschlossen. Er durchsuchte die Rocktasche, in der er die Eisenbahnfahrkarte und das Lloydbillett verwahrt hielt; beide befanden sich noch immer auf ihrem alten Platze. Er holte seine Brieftasche hervor und unterzog die einzelnen Fächer einer strengen Untersuchung: es war alles am richtigen Ort.
»Soll ich die weißen Schuhe auch einpacken?« rief die Haushälterin aus dem Nebenzimmer.
»Selbstverständlich, Bettina!« antwortete Dr. Kircheisen und ging in sein Schlafzimmer. »Die weißen Schuhe zuallererst! Es geht doch in den warmen Sonnenschein. Ich beneide wirklich niemanden um den scheußlichen Oktoberwind, der jetzt durch die Straßen bläst.«
Die Haushälterin nahm die sorgfältig auf der Bettdecke vorbereiteten, sauber in weißes Papier eingeschlagenen Pakete der Reihe nach und ließ eins nach dem andern in den Tiefen des Koffers verschwinden. »Ja, der Herr Doktor hat's gut!« sagte sie seufzend.

»Mir scheint gar, Sie gönnen mir das bißchen Erholung nicht, Bettina!« lachte der Arzt.
»Aber ich hab' ja gar nichts gesagt!« rief die alte Frau entsetzt. »Der Herr Doktor braucht den Urlaub so notwendig! Den ganzen Sommer hat sich der Herr Doktor von Wien nicht weggerührt! Immer studiert und geschrieben, und geschrieben und wieder studiert. Ganz blaß ist der Herr Doktor geworden, daß es eine Schand' ist! Nur den Ort kann ich mir nicht merken, wo der Herr Doktor hinfährt.«
»Nach Korfu. Das liegt noch eine ganze Tagereise hinter Triest.«
»Hinter Triest! Und wieviel Dutzend Taschentücher soll ich einpacken?«
»Soviel Sie wollen. Haben Sie sich alles gemerkt, Bettina?«
»Der Herr Doktor können ganz beruhigt sein. Ich weiß schon alles.«
»Wenn der Buchhändler das Paket schickt –«
»Übernehm' ich's und verlang' einen Erlagschein.«
»Und wenn jemand nach meiner Adresse fragt?«
»Die find' ich auf dem Vormerkkalender.«
»Ich schreib' Ihnen natürlich auch, Bettina.«
»Ich möcht' recht schön darum bitten! Ansichtskarten mit viel Farben drauf, wenn der Herr Doktor daran denken.«
»Ich mach' noch einen Sprung ins Kaffeehaus hinunter. Für zehn Uhr bestellen Sie mir das Auto. Da ist dann noch reichlich Zeit; bis zur Südbahn sind's ja höchstens zehn Minuten.«
Gerade als Dr. Kircheisen seinen Hut aufsetzen wollte, schrillte im Vorzimmer die Glocke. Es gab ein heftiges, aufgeregt andauerndes Läuten, dann war wieder Stille.
»Wer wird denn das sein?« fragte Dr. Kircheisen.
»Wenn der Herr Doktor wollen, sind der Herr Doktor vor zehn Minuten abgereist ...«
»Nein, gehen Sie nur nachschauen, wer es ist. Ich laß mich ohnehin auf keinen Fall aufhalten.«

Die Haushälterin verschwand aus dem Zimmer. Dr. Kircheisen lauschte. Er hörte, wie die Gangtür geöffnet wurde und wieder ins Schloß fiel. Bettina begrüßte irgend jemanden. Eine Männerstimme ließ sich vernehmen, die Antwort gab. Er glaubte, seinen Namen verstanden zu haben, da stand Bettina auch schon im Türrahmen und meldete:
»Der Herr Architekt!«
Bevor sie auszuweichen vermochte, wurde sie von einem stürmisch eintretenden jungen Mann beiseite geschoben.
»Fritz ... du?« fragte Dr. Kircheisen erstaunt. Er hatte mittags von seinem Freund Abschied genommen.
»Dieses verwünschte Telephon!« rief der andere. »Seit einer halben Stunde ruf' ich dich an; zehnmal hintereinander! Ich habe das Fräulein beleidigt und den Kontrollor beflegelt. Alles umsonst! Keine Verbindung zu bekommen!«
»Das glaub' ich dir gern!« lachte der Arzt. »Ich mußte in aller Ruhe meine Reisevorbereitungen treffen können. Ich wollte beim Packen nicht gestört werden; deshalb hab' ich das Telephon ausgehängt.«
»Ein menschenfreundlicher Einfall! Gerade, wenn ich's einmal dringend hab', sind die Leut' telephonmüde.«
»Was gibt es denn so Dringendes?«
»Du mußt sofort einen Krankenbesuch machen!«
»Ist das dein Ernst? In drei Stunden geht mein Zug. Und außerdem bin ich kein praktischer Arzt. Seit wann mach' ich denn Krankenbesuche? Du hättest zu einem der fünftausend anderen Wiener Ärzte laufen sollen; ich bin die einzige falsche Adresse.«
»Du bist die richtige Adresse! Du bist Toxikologe, und es handelt sich um eine Vergiftung, wahrscheinlich sogar um einen sehr schweren und dringenden Fall.«
»In deiner Familie am Ende?«
»Nein. Baron Vogh hat sich an mich gewandt.«
»Baron Vogh? Wer ist das?« fragte Dr. Kircheisen.

»Baron Vogh! Der bekannte Sportsmann, der berühmte Hochtourist. Von dem mußt du doch schon gehört haben!«
»Kann sein. Ich glaube mich zu erinnern.«
»Ich hab' ihm im vorigen Jahr seine Villa gebaut, in Hietzing draußen. Ich hab' dir doch damals die Pläne gezeigt.«
»Ganz recht. Was ist dem Baron passiert?«
»Das weiß ich nicht. Er hat mich vor etwa einer halben Stunde telephonisch angerufen, sofort deinen Namen genannt und mich gebeten, dich augenblicklich zu verständigen. Er weiß offenbar, daß wir miteinander befreundet sind. Es scheint ihm sehr viel an deiner Intervention gelegen zu sein, und so hab' ich es übernommen, dich hinzuschicken.«
In diesem Augenblicke ertönte im Nebenzimmer das Signal des Telephons, das Bettina inzwischen wieder instand gesetzt hatte. Dr. Kircheisen eilte hinüber und nahm die Hörmuschel ans Ohr.
»Guten Abend, Herr Baron! Hier Dr. Kircheisen«, hörte ihn der Architekt sagen. »Gewiß! Mein Freund ist gerade bei mir. Nein – das nicht. Informiert bin ich noch gar nicht. Wollen Sie nicht vielleicht …? Eine knappe Andeutung zumindestens –! Sie haben mir ein Auto geschickt? Ausgezeichnet. Hoffentlich hat er rasch eins gefunden. Eine Vergiftung also –? Was für eine Art von Gift? Ja, ja, gewiß – ich komme, aber –«
»Jetzt hat er abgeläutet«, sagte der Arzt ärgerlich. »Warum hat er mir nicht wenigstens einen Anhaltspunkt gegeben! Um was es sich eigentlich handelt, ob um einen Unfall oder um einen Selbstmordversuch, und vor allem um wen –«
»Vielleicht ist dem kleinen Mädel, seinem Töchterchen, etwas zugestoßen. Wahrscheinlich sogar, denn die Geschichte scheint ihm nahezugehn«, meinte der Architekt.
»Jetzt muß ich doch noch einmal meinen Schreibtisch aufsperren!« klagte Dr. Kircheisen. »Bettina! Meine schwarze Handtasche.«

Im Nu hatte er ein Bündel silberglänzender Nadeln, Scheren, Zangen, Pinzetten beisammen, ließ sie klirrend in das Innere der Tasche fallen, nahm dann mehrere Reagenzgläser, schob sie in ein Futteral und versenkte auch dieses in die Ledertasche.
»So, jetzt kann das Auto kommen«, erklärte er dann und sah auf die Uhr. »Er hat mir nämlich seinen Diener mit einem Auto hergeschickt. Viertelacht! Um zehn Uhr einundzwanzig geht mein Zug. Ich hab' nicht viel Hoffnung, ihn noch zu erreichen. Woher kennst du eigentlich den Baron?«
»Aus den Bergen. An einer sehr schlimmen Stelle auf der Planspitze-Nordwand hab' ich vor zwei Jahren seine Bekanntschaft gemacht. Die Sache war mir zu schwierig geworden, ich konnte nicht weiter, auch nicht zurück und war vollständig demoralisiert. Da kam er hinter mir, nahm mich ans Seil und brachte mich glücklich bis an den Ausstieg. Er hat mir zweifellos das Leben gerettet, damals. Ein Mensch, dessen Sehnen aus Nickelstahldraht sind, die Verkörperung von Energie und Kraft – er wird dir sicher imponieren. Er macht als Tourist die unglaublichsten Sachen. Seine Bekannten nennen ihn nie anders als den ›tollen Baron‹.«
»Du bist doch selbst ein erstklassiger Tourist!« warf Dr. Kircheisen ein.
»Gegen den Baron Vogh ein Kind. Überhaupt nicht zu vergleichen. Wenn es dich interessiert, bring' ich dir einmal die Beschreibung irgendeiner seiner Erstbesteigungen mit. Ich bin ihm übrigens noch in anderer Richtung verpflichtet, er hat sich von mir seine Hietzinger Villa bauen lassen.«
»Der Baron ist wohl sehr reich?«
»Geld spielt bei ihm kaum eine Rolle. Wenn du den Park sehen wirst ... und das herrliche Treibhaus, das ich ihm gebaut hab' – es ist im Stil eines indischen Tempels gehalten. Dabei ist er höchstens drei Monate im Jahr in Wien; die ganze übrige Zeit auf Reisen. In Indien, in Südafrika, in den Kordil-

leren. Er ist erst vor etwa vierzehn Tagen aus England zurückgekommen, wo er den Sommer verbracht hat. – Was sollen die vielen Pakete da auf dem Tisch?«

»Das muß noch alles in meinen Koffer«, gab der Arzt zur Antwort. »Das da sind fünfhundert Stück Briefpapier samt Kuvert; hier drin sind die Zigarrenspitzen, genau vierundachtzig Stück. Ich brauche täglich drei. Vier Wochen bleib' ich fort. 3 mal 28 gibt 84! Du mußt bedenken, daß ich auf eine einsam gelegene Insel fahre«, setzte Dr. Kircheisen hinzu, als er seines Freundes erstauntes Gesicht sah.

»Du scheinst eine merkwürdige Vorstellung von Korfu zu haben«, sagte der Architekt. »Da ist übrigens schon der Diener des Barons.«

In das Zimmer war ein alter, kleiner, weißhaariger Mann getreten, an dessen Weste zwei Reihen silberner, glänzender Knöpfe saßen. Der Lakai verneigte sich.

»Sie kommen vom Baron Vogh?« fragte Dr. Kircheisen und schlüpfte rasch in seinen Mantel. »Ich weiß schon. Wir wollen keine Zeit verlieren. Sie erzählen mir alles im Wagen. Leb wohl, Fritz! Auf Wiedersehen! Wenn ich morgen noch hier bin, ruf' ich dich an.«

Vor dem Hause stand ratternd und knatternd das Automobil. Der Chauffeur hatte die eine Hand am Hebel, die andre auf dem Volant und wartete auf das Signal, um loszufahren. Der Arzt sprang in den Wagen, der alte Diener folgte ihm nach.

»Sie sind der Kammerdiener des Barons?« fragte Dr. Kircheisen, als das Auto sich in Bewegung gesetzt hatte. Der Alte nickte und knöpfte seinen Mantel oben am Halse zu, da ihm der Wind in heftigen Stößen ins Gesicht fuhr.

»Sie wissen natürlich, um was es sich handelt«, fragte der Arzt.

Der alte Diener hob wie beschwörend die beiden Hände.

»Erzählen Sie mir also, was eigentlich geschehen ist. Ganz

kurz, oder auch ausführlich, wie Sie wollen«, fuhr Dr. Kircheisen fort. »Ich weiß bis jetzt nur, daß es sich um eine Vergiftung handelt, sonst nichts. Also fangen Sie an!«
Der Lakai nahm plötzlich seinen Hut ab, so daß sein spärliches, weißes Haar, vom Winde bewegt, in dünnen Strähnen in die Höhe stob. Er hielt den abgegriffenen, schwarzen Schlapphut zwischen die beiden Hände und zerknüllte ihn aufgeregt mit den Fingern.
»Lieber, guter Herr Doktor! Nicht wahr, Sie werden meinem armen Herrn helfen?« jammerte er.
Der Arzt blickte eine kurze Weile auf die den Hut mißhandelnden, zitternden Finger des Alten.
»Gewiß werde ich ihm helfen. Aber vor allem möchte ich doch wissen, was geschehen und wem etwas geschehen ist. Wohl dem Herrn Baron selbst?«
»Ein Unglück! Ja, Herr Doktor! Ein fürchterliches Unglück.«
»Was für ein Unglück?«
»Wie ich's noch nie erlebt hab'. Und ich hab' viel erlebt, Herr Doktor, mit meinen neunundsechzig Jahren; das können Sie mir glauben!«
»Ich glaube Ihnen alles, was Sie wollen, aber statt eines Abrisses aus Ihrer Lebensgeschichte sollten Sie mir doch lieber diesen einen Fall erzählen.«
»Wenn mir einer gesagt hätte, daß so etwas überhaupt möglich sein kann! Und gerade meinen Herrn muß das treffen, meinen guten Herrn Baron! Herr Doktor, einen besseren Herrn gibt es nicht, nirgends auf der ganzen Welt! Und die arme Baronesse! Das Unglück! Das Unglück!«
... Das eine weiß ich jetzt wenigstens, daß der Baron selbst der Patient ist, – vielleicht auch seine Tochter ..., dachte der Arzt. ... Mehr bring' ich aus dem Diener nicht heraus. Der alte Mann ist völlig verstört. Der Vorfall hat ihn anscheinend umgeworfen, es war mehr, als er ertragen konnte. Man muß

allerdings auf etwas Ernstes schließen, wenn man die Fassungslosigkeit des Dieners sieht. Nun, lang' kann ja die Fahrt nicht mehr dauern, am Westbahnhof sind wir schon vorüber. Noch zehn Minuten Geduld, dann hab' ich Gewißheit ... Der Arzt lehnte sich in seine Ecke und schloß die Augen. Der schmale Titelkupfer des Buches, in dem er während der letzten Tage gelesen hatte, tauchte in seiner Erinnerung auf. »Recherches botaniques sur les îles Joniennes«, Paris 1879 stand dort in feinen Lettern, und darüber zeigte ein zart gestricheltes Bildchen einen weit in's Meer hineinragenden Felsen, der von einem Kastell gekrönt war. In der Ferne schlug eine Turmuhr. Dem Arzt schien, als sause der Wagen jetzt mit erhöhter Geschwindigkeit dahin. ... Vielleicht erreiche ich doch noch den Nachtschnellzug ..., dachte er. Er öffnete die Augen und beugte den Kopf hinaus. Der Wagen eilte durch eine breite, schnurgerade Allee. Mauern oder Gartengitter zu beiden Seiten des Weges, buntgemustertes Laub, das in mageren Büscheln darüber hing. Die gelblichgrünen Flammen der Straßenlaternen tauchten auf und verschwanden, eine nach der andern. Der alte Diener, der bis jetzt stumpf vor sich hinstarrend dagesessen war, erwachte plötzlich wieder zum Leben. Er richtete sich auf, sah angestrengt ins Dunkel hinaus und stieß den vor ihm sitzenden Chauffeur mit dem Finger in die Schulter. Der Wagen verlangsamte sein Tempo und hielt einen Augenblick später vor einem hohen Barockportal, zu dessen beiden Seiten ein zweimal mannshohes schmiedeeisernes Gitter die Straße entlang lief. Eine elektrische Bogenlampe verbreitete, vom Winde hin und her geschaukelt, ein gedämpftes Licht. Der Arzt nahm seine Instrumententasche an sich und verließ den Wagen. Ein Mann kam aus dem Garten, trat auf den Chauffeur zu und bemühte sich, die geforderte Münzenzahl aus der Geldbörse, die er in der Hand hielt, zusammenzuraffen. Es war ein alter Herr, von ziemlich schlankem, hagerem

Wuchs. Er steckte in einem Anzug von bräunlichem Homespun – dem Arzt fiel es auf, daß der Anzug viel zu weit geschnitten war; er schlotterte förmlich um die hagere Gestalt. Das Gesicht war sonnverbrannt, die Haut lederartig, vielfältig gefurcht und zerrissen. Sein Haar war stark ergraut und auffallend dicht, die Augen standen hellgrau und groß unter buschigen Brauen. Seine Finger zitterten unausgesetzt, während sie in den Fächern der Geldbörse suchten. Endlich hatte er die Geldstücke beisammen und händigte sie dem Chauffeur ein, der dankend an die Mütze griff, dann den Wagen mit einem Ruck herumwarf und davonsauste.
Der alte Herr ging, auf seinen Stock gestützt, dem Arzte entgegen und streckte dann beide Hände aus: »Doktor Kircheisen ...?« fragte er. »Dem Himmel sei Dank, daß Sie hier sind.« Seine Stimme klang heiser und brüchig; als er den Satz beendet hatte, war er genötigt, tief Atem zu schöpfen. »Ich habe mir erlaubt, Sie vor einer halben Stunde persönlich zu mir zu bitten«, setzte er hinzu.
Dr. Kircheisen verstand nicht sogleich. »Vor einer halben Stunde? Ich habe geglaubt, mit dem Herrn Baron Vogh selbst telephonisch zu sprechen«, sagte er.
»Felix Freiherr von Vogh«, erwiderte der alte Herr und ergriff die Hand des Arztes. »Der bin ich.«
»Sehr erfreut! Offenbar der Vater des bekannten Hochtouristen, der meinem Freund auf der Planspitze das Leben gerettet hat.«
»Ich habe keinen Sohn, Herr Doktor. Der bekannte Hochtourist bin ich selbst. Und was die Lebensrettung betrifft, so hat Ihr Freund ein wenig übertrieben.«
... Da scheint Fritz allerdings ausgiebig übertrieben zu haben ..., dachte der Arzt. ... Den »tollen Baron« hab' ich mir anders vorgestellt. Wie hat er ihn genannt? Die Verkörperung von Energie und Kraft – Sehnen aus Nickelstahldraht –? Ein schlechter Spaß – oder jene Tour auf die Plan-

spitze ist viele Jahre her. Dieser gebrechliche, alte Herr würde doch kaum auf den Kobenzl hinauf kommen oder auf irgendeine andre Wienerwald-Jausenstation ...
»Wollen Sie freundlichst mit mir kommen!« bat der Baron. »Philipp«, rief er dann dem Diener zu. »Halt' dich in der Näh', falls der Herr Doktor etwas brauchen sollte.«
Philipp rannte mit kurzen Schritten an den beiden vorbei, über den mit rotem Kies bestreuten, sorgsam gepflegten Gartenweg. Dr. Kircheisen sah die bunten Ornamente der Blumenbeete, die wie dunkle, große Schatten auf den vom Mondlicht beschienenen Wiesenflächen lagen. Hinter einer hohen, schwarzen, undurchsichtigen Baumhecke hörte er das rieselnde Plätschern eines Springbrunnens. In der Ferne sah er die gespenstische und ihn auf seltsame Art beunruhigende Silhouette eines pagodenartigen Gebäudes; augenscheinlich war das das indische Treibhaus, von dem der Architekt gesprochen hatte.
Inzwischen waren sie bei der Villa angelangt. Der Arzt blieb stehen und wandte sich seinem Begleiter zu.
»Ich hatte aus den Reden Ihres Dieners den Eindruck gewonnen, daß Sie selbst, Herr Baron, von dem Unfall betroffen worden sind.«
»Nein! Nein! Nein! Nein!« Der Baron schrie beinahe auf. »Mir fehlt nicht das Geringste, ich bin vollkommen wohlauf!«
»Ich muß also befürchten, daß Ihr Fräulein Tochter das Opfer des Unfalles ist.«
»Nein, dem Himmel sei Dank, meine Tochter ist gesund.«
»Der Diener sagte aber, man habe mich rufen lassen, um Ihnen und Ihrer Tochter zu helfen.«
»Ja! Es ist uns ein großes Unglück zugestoßen; ein entsetzliches Unglück hat uns betroffen«, sagte der Baron leise.
»Wollen Sie mir nicht endlich verraten: Wer ist der Patient? Steht er Ihnen nahe?« fragte Dr. Kircheisen ungeduldig.

Der Baron sah den Arzt mit einem ängstlichen und zaghaften Blick an.
»Der Patient ist –«, sagte er stockend, »der Patient ist –«
Er zögerte eine Weile, gab sich dann plötzlich einen Ruck, richtete sich gerade auf und sagte:
»Der Patient ist mein Gärtner, Herr Doktor.«

Der Patient

Sie waren während dieses Gesprächs in die Vorhalle der Villa eingetreten, einen weiten gewölbten Raum, dessen Pracht den Arzt sogleich fesselte und ablenkte. Die Wände waren mannshoch mit kanelliertem dunkelbraunem Holz verkleidet; darin wuchs rosenfarbiger, von dünnen schwarzen Adern durchzogener Marmor empor, in den Mosaikbilder eingefügt waren, hohe schlanke Frauengestalten mit einer Rosenkette in den Händen. In Silber gefaßte, flach nach unten gewölbte Glasschalen saßen an den vier Ecken der Decke und ließen ein mildes, weißes Licht in den Raum fallen. Im Hintergrunde führte ein Treppenansatz von wenigen, mit einem dunkelgrünen Teppich bekleideten Marmorstufen in den nächsten Raum.
Dr. Kircheisen wandte sich dem alten Herrn wieder zu:
»Wer, sagten Sie, ist der Patient?«
»Mein Gärtner«, wiederholte der Baron.
»Herr Baron«, sagte der Arzt. »Ich fürchte, daß hier ein Mißverständnis vorliegt. Man hat Sie über mich vermutlich falsch unterrichtet. Ich übe schon seit Jahren keinerlei Praxis aus und beschäftige mich nur mit wissenschaftlichen Untersuchungen. Da es sich um einen ihrer Domestiken handelt, so wäre es vielleicht angezeigt, ihn einfach ins Spital transportieren zu lassen. Das wäre zumindest weniger kostspielig für Sie! Ich halte mich für verpflichtet, Sie auf diesen Punkt aufmerksam zu machen.«
»Das alles weiß ich«, sagte der Baron ruhig. »Nichtsdestoweniger habe ich ernste Gründe, Sie zu bitten, die Behandlung zu übernehmen.«

»Meine Zeit ist kostbar und für die nächsten Wochen überdies durch andere, mir sehr wichtige Unternehmungen in Beschlag genommen. Ich bin mit diesem Besuche nur der dringenden Bitte meines Freundes nachgekommen, weil ich, wie er, den Eindruck hatte, daß Ihr Leben auf dem Spiel stünde, Herr Baron, oder doch das Leben eines Ihrer nächsten Familienangehörigen.«
Der Baron überlegte eine Weile. Sie waren an der Tür des Krankenzimmers angelangt. Der Baron trat zur Seite, ließ den Arzt eintreten und sagte dann, indem er die Türe hinter sich zuzog, mit unbefangen klingender Stimme:
»So bitte ich Sie annehmen zu wollen, daß mein eigenes Leben von der Rettung meines Gärtners abhängt.«
»Wie soll ich das verstehen? Was wollen Sie damit sagen?« fragte der Arzt unwillig.
»Nichts anderes, als daß ich den größten Wert darauf lege, meinen Gärtner in Ihrer Behandlung zu sehen. Ich werde das Opfer, das Sie mir mit dem Verlust Ihrer kostbaren Zeit bringen, in jeder Hinsicht zu bewerten wissen«, gab der Baron zur Antwort.
Der Arzt blickte sich um. Er befand sich in einem vornehm ausgestatteten Raum, in dessen Mitte ein breites Himmelbett stand mit grünen Damastvorhängen, die ringsum geschlossen waren.
»Hier liegt der Patient«, sagte der Baron.
»Ist das das Zimmer Ihres Gärtners?« fragte der Arzt erstaunt.
»Nein – das ist mein eigenes Schlafzimmer. Ich habe ihn nach dem Unfall in der Eile hierher schaffen lassen.«
Der Baron schlug die Vorhänge zur Seite. Da lag der Kranke.
Dr. Kircheisen ärgerte sich später über sich selbst, weil er damals beim Anblick des Gärtners so heftig erschrocken zurückgeprallt war. Es ist aber auch keine Kleinigkeit – man

erwartet ein gutmütiges niederösterreichisches Bauerngesicht zu sehen, einen großen, blonden Gärtnerburschen aus Melk oder aus Wiener-Neustadt etwa, und da starrt einem eine fahlgelbe Larve entgegen – das Antlitz irgendeiner exotischen Rasse mit tief in den Höhlen liegenden Augen, feuchtem, zu Strähnen verklebtem Haar und einem fast meterlangen kohlschwarzen Bart, der zudem unterhalb des Halses mit einem Tuch zusammengebunden ist.
»Ulam Singh ist ein Inder!« erklärte der Baron, der des Arztes Verwirrung bemerkte. »Ich hab' ihn von meiner letzten Orientreise aus der Stadt Agra mitgebracht.«
»Und warum haben Sie ihm um des Himmels willen den Mund verstopft?« fragte Dr. Kircheisen und wies auf einen Tuchlappen, der über den Lippen des Gärtners befestigt war. Der Baron lächelte. »Das hab' ich nicht getan. Den Lappen trägt Ulam Singh immer. Aus religiösen Gründen – Ulam Singh ist nämlich ein Sadhu, eine Art Hinduheiliger, und sein Glaube verbietet ihm, ein Tier, und sei es auch das kleinste, zu töten. Weil ihm aber beim Atmen irgendein mikroskopisch kleines Insekt in die Kehle kommen könnte, darum trägt er immer solch einen Tuchlappen vor dem Mund.«
Der Arzt hatte inzwischen einen Stuhl herbeigezogen und die Bettdecke zurückgeschlagen. Jetzt holte er die elektrische Lampe vom Schreibtisch und gab sie dem Baron in die Hand. »Ein wenig höher«, sagte er, »wenn ich bitten darf.« Das Licht schwankte unruhig in den zitternden Händen des alten Mannes. Der Arzt schob dem Kranken den Arm unter den Rücken und hob ihn sacht in die Höhe. Dann fühlte er den Puls und horchte die Herztöne ab. Er betastete die Hand- und Fußgelenke und untersuchte die Lippen und die Zunge, auf denen er Spuren eines leichten, blutigen Auswurfs feststellte. Dann sah er auf. Sein Blick glitt auf die Wand gegenüber, da war ein mächtiger, persischer Teppich befestigt, auf dem exotische Waffen ein sternförmig ange-

ordnetes Ornament bildeten. Kabylensäbel hingen da, Dolche aus dem Kaukasus, persische Handschare und malayische Messer, seltsam verkrümmt oder gezackt, einzelne in vergoldeten, edelsteinbesetzten Scheiden, manche mit elfenbeinernem oder emailliertem Knauf. Die Mitte des Sternes bildete ein Bündel dünner Pfeile.
»Haben Sie diese Waffen selbst gesammelt? Halten Sie es für möglich, daß eines dieser gefährlichen Dinger in irgendein Pfeilgift getaucht ist?« fragte der Arzt.
»Das ist gänzlich ausgeschlossen. Ich habe wenigstens niemals etwas dergleichen feststellen können.«
»Hatte Ulam Singh mit diesen Waffen zu tun? Gehörte etwa ihre Reinigung und Instandhaltung zu seinen Pflichten?«
»Nein, Herr Doktor. Ulam Singh würde nie eine Waffe berühren. Das verbietet ihm seine Religion. Auch hat er dieses Zimmer niemals betreten.«
»Dann stehe ich vor einem Rätsel. Hören Sie, Herr Baron. Es lassen sich folgende Symptome feststellen: Blutiger Auswurf, Lähmungserscheinungen an Händen und Füßen, sowie an den Atmungsorganen, cyanotische Färbung der Lippen und der Zunge, ferner, was besonders charakteristisch ist, das Fehlen jeder Geschwulst. – Alle diese Symptome weisen mit Sicherheit auf das Gift einer ganz bestimmten Schlangenart hin. Aber von diesen tropischen Spezies ist bis jetzt noch nie ein Exemplar lebend nach Europa gelangt.«
»Und wie heißt diese Schlange?« fragte der Baron leise und wie in Gedanken versunken.
Der Arzt hatte seine Handtasche geöffnet. Er entnahm einem kleinen, schwarzen Etui eine Miniaturspritze und setzte eine neue Nadel ein. Dann ergriff er den Arm des Kranken, bohrte die Nadel ins Fleisch und schob langsam den Kolben der Spritze nach unten.
»Tik Paluga heißt die Schlange«, sagte er, als er die Injektion beendet hatte.

»Tik Paluga«, wiederholte der Baron mit leisem Schauder.
»Ich sage mir natürlich selbst, daß diese Annahme ein Hirngespinst ist, und muß nach einer besseren Erklärung suchen. Noch niemals ist es gelungen, eine Tik Paluga lebend in unsere Breitengrade zu bringen. Die chemische Zusammensetzung ihres Giftes kennen wir nicht genau. Es könnte sein, daß Ihr Inder von einem vegetabilischen Giftstoff infiziert worden ist, der zufällig ähnlich wirkt, wie der Biß der Tik Paluga.«
»Nein!« sagte der Baron mit seiner leisen Stimme. »Ihre erste Diagnose war richtig.«
»Wie meinen Sie, bitte?«
Der Baron ergriff den Arm des Inders und deutete auf zwei rote Pünktchen oberhalb des Gelenkes.
»Sehen Sie«, flüsterte er. »Hier hat sie ihn gebissen.«
»Wer?« schrie der Arzt erstaunt auf. »Wer hat ihn gebissen?«
»Die Tik Paluga«, sagte der Baron mit leisem Erschauern.
»Aber es ist ausgeschlossen, daß es eine solche Schlange in Europa gibt!«
»Wollen Sie sie sehen, Doktor?« fragte der Baron.
»Das ist ja heller Wahnsinn! Ebensogut könnte ich mir hier in Ihrem Garten von dem Stich einer Tsetsefliege die Schlafkrankheit holen!« sagte der Arzt kopfschüttelnd.
Der Baron wurde leichenblaß: »Um Gottes willen! Gibt es auch Tsetsefliegen in Ceylon?« stammelte er.
»In Ceylon? Natürlich: die Glossina Sanderi.«
»Philipp!« kreischte der Baron außer sich. »Philipp! Die Baronesse darf nicht mehr in den Garten.«
»Was ist Ihnen, Herr Baron? Was sind das für tolle Ideen? Vor allem: Die Glossina Sanderi von Ceylon ist eine vollkommen harmlose, gänzlich ungefährliche Verwandte der afrikanischen Tsetsefliege. Und wie käme die überhaupt in Ihren Garten?«

»Philipp!« sagte der Baron mit tonloser Stimme zu dem eintretenden Diener. »Hol den Korb, der im Rauchzimmer neben dem Kamin steht.«
Der alte Diener verschwand und kam nach kurzer Zeit mit einem gelben, viereckig geflochtenen Körbchen zurück, das er voll Ekel und Angst mit ausgestrecktem Arm weit von seinem Körper weghielt.
Der Baron schob den Deckel zurück.
»Hier liegt sie«, sagte er. »Vor einer Stunde hab' ich sie erschlagen.«
Der Arzt langte behutsam in das Innere des Korbes und holte die tote Schlange hervor. Er ließ den Körper des Tieres geschickt durch die Finger gleiten, nahm den Kopf in die flache Hand und betrachtete die Stirnzeichnung. Dann ließ er die Schlange wieder in den Korb zurückfallen.
»Unglaublich«, sagte er dann. »Es ist wahrhaftig eine Tik Paluga. Sie haben sie selbst erschlagen? Gleich nachdem sie den Gärtner gebissen hat?«
Der Baron nickte. »Ulam Singh hat sie aus Indien gebracht.«
»Man muß immer wieder umlernen«, sagte Dr. Kircheisen. »Ich glaube, Hagenbeck hat zum letztenmal den Versuch gemacht auf Bestellung des Berliner Zoos – aber das letzte Exemplar ging während der Seefahrt in der Gegend von Messina ein. Es ist merkwürdig, daß es Ihrem Gärtner gelungen ist, die Tik Paluga die ganze Reise hindurch am Leben zu erhalten. Wußten Sie davon, daß der Inder im Besitz eines so gefährlichen Tieres war?«
»Bis vor einer Stunde hatte ich keine Ahnung davon«, gab der Baron zur Antwort. »Aber wie finden Sie den Zustand des Patienten? Ich habe sofort nach der Katastrophe übermangansaures Kali injiziert.«
Der Arzt hatte inzwischen die Schlange nochmals in die Hand genommen und betrachtete sie genauer.
»Wie lange ist Ihr Gärtner bei Ihnen im Hause?«

»Seit einem und einem halben Jahr. Ich bin mit ihm im vorigen Frühjahr aus Indien gekommen.«
»So?« sagte der Arzt und blickte den Baron an. »Und die Schlange ist höchstens drei Monate alt –! Er kann sie also unmöglich aus seiner Heimat mitgebracht haben.«
Der Baron sah mit einem Blick auf, der hilfesuchend und voll Verwirrtheit war.
»Wie kam die Schlange in Ihr Haus?« fragte der Arzt.
»Ich weiß es nicht!« gab der Baron zur Antwort und fuhr sich mit der Hand über den Hinterkopf, als würden ihm die forschenden Fragen des Arztes körperliche Schmerzen bereiten.
Dr. Kircheisen betrachtete kopfschüttelnd bald die Schlange, bald den Baron.
»Es ist nicht meine Sache, mir darüber Gedanken zu machen«, sagte er schließlich. »Was den Zustand des Patienten betrifft, so bin ich jetzt, da ich die Art und die Provenienz des Giftes kenne, sehr wohl in der Lage, Ihnen den wahrscheinlichen Verlauf der Krankheit anzugeben.«
»Nun? Bitte, sprechen Sie!« drängte der Baron.
»Der jetzige Zustand – getrübtes Bewußtsein und leichte Lähmungserscheinungen – dürfte noch 36–48 Stunden anhalten, vielleicht auch ein paar Stunden länger. Nach ungefähr 48 Stunden –«
»Wird er aufstehen können? Wird er das Bett verlassen?« rief der Baron.
»– dürfte der letale Ausgang infolge Herzlähmung eintreten. – Ja, um Gottes willen, was ist denn geschehen?«
Die elektrische Lampe, die der Baron noch immer in den Händen gehalten hatte, war in diesem Augenblick krachend zu Boden gefallen.
Es war mit einem Male finster in dem weiten Zimmer. Dr. Kircheisen tastete sich durch das Dunkel bis an die Wand und ließ rasch den großen Lüster aufflammen.

Der Baron lehnte blaß und zitternd an einem Sessel und hielt die Hand an die Brust gepreßt.
»Was war denn das, Herr Baron?« fragte der Arzt voll Teilnahme.
»Nichts von Bedeutung«, sagte der Baron und lächelte mühsam. »Die Lampe ist mir ein wenig zu schwer geworden. – – Ist es sicher, daß Ulam Singh sterben muß?«
Der Arzt zuckte die Achseln.
»Gibt es keine Rettung? Kein Serum gegen das Gift dieser Schlangen?«
»Ich werde kein Mittel unversucht lassen.«
»Ich habe Ulam Singh sehr nötig«, sagte der Baron leise. »Ich will ihn behalten. Er ist mir unersetzlich.«
»Unersetzlich? Ich begreife ja Ihre Gefühle; der Tod eines Hausgenossen ist immer eine aufregende Sache. Aber ›unersetzlich‹ ist ein großes Wort, und für einen Gärtner wird sich schließlich doch ein Nachfolger finden lassen.«
»Nein!« rief der Baron mit einer plötzlich ausbrechenden Heftigkeit. »Er darf nicht sterben! Mein Leben ist verdorben, wenn er stirbt.«
»Ich sehe, Sie neigen zu Übertreibungen. Oder ist es mehr als ein rein menschlicher Anteil, den Sie an dem Schicksal Ihres Dieners nehmen? Dann sprechen Sie aufrichtig und deutlich zu mir!« mahnte der Arzt.
Der Baron tastete langsam mit der Hand über die feuchte Stirn.
»Ich habe wohl arge Dummheiten geredet – –«, sagte er leise und stockend. »Verzeihen Sie – – der Schreck über den Unglücksfall hat mich ganz wirr gemacht. Ich weiß gar nicht recht, was ich alles gesagt hab'.«
»Sie können sicher sein, daß ich jedes Mittel versuchen werde, um den Patienten am Leben zu erhalten. – Darf ich Sie jetzt bitten, mir mein Nachtquartier anzuweisen? Womöglich in der Nähe des Kranken, denn ich werde die Injektion im

Laufe der Nacht vielleicht zwei- bis dreimal wiederholen müssen.«
»Hier in allernächster Nähe ist Ihr Zimmer, Herr Doktor. Die Tür hier gegenüber.«
»Ich werde zuvor in meine Wohnung telephonieren und meine Wirtschafterin wissen lassen, daß ich vorläufig hier bleibe und meine Reise bis auf weiteres aufschiebe.«
»Sie wollten verreisen? Wie gut, daß ich Sie noch erreicht habe! Wohin sollte die Fahrt gehen?«
»Nach Korfu. Eigentlich die erste größere Reise meines Lebens.«
»Wie? Sie waren niemals in Indien? Ja, woher haben Sie denn die staunenswerten Kenntnisse der indischen Fauna?« Der Baron bemühte sich jetzt leicht und zwanglos zu plaudern, als wollte er den Eindruck verwischen, den jener Ausbruch fassungsloser Angst wenige Minuten vorher hervorgerufen hatte.
»Bücher«, gab Dr. Kircheisen zur Antwort. »Bücher, Herr Baron, und Spirituspräparate. Ich habe mein philosophisches Doktorat in Zoologie und Botanik gemacht.«
»Ist es eine Erholungsreise, die Sie um meinetwillen aufschieben müssen?«
»Nicht ganz. Teilweise wollte ich studienhalber nach Korfu. Diese Insel hat eine sehr bemerkenswerte Reptilienfauna. –
– Sie erlauben, daß ich mich jetzt zurückziehe?« – –
Den Arzt erwartete an diesem Abend noch eine überraschende Entdeckung. Er hatte es sich in seinem Zimmer bequem gemacht, das Abendblatt durchgeflogen und sodann ein Weilchen die Photographien alpiner Landschaften besehen, die die Wände schmückten. Schließlich entsann er sich des Telephongesprächs, das er zu führen wünschte, und drückte auf den Klingeltaster.
Er wartete ein paar Minuten lang, aber es kam niemand.
Er drückte ein zweites Mal. Wiederum blieb alles still.

Dr. Kircheisen wurde ärgerlich. Er ging einige Male im Zimmer ungeduldig auf und ab, dann läutete er ein drittes Mal. Nichts regte sich. Jetzt läutete Dr. Kircheisen Sturm. Aber kein Mensch schien ihn zu hören.
Schließlich ging er auf den Gang und rief.
Endlich – – da kam jemand den Gang heraufgelaufen, notdürftig bekleidet, mit kurzen, mühsamen Schritten. Aber es war keiner von den Dienern, es war der Baron selbst, der jetzt atemlos vor dem Doktor stand.
»Verzeihung, Herr Baron! Es tut mir aufrichtig leid, daß ich Sie in Ihrer Ruhe gestört habe. Ich habe vergeblich nach dem Stubenmädchen geläutet – ich möchte bloß mein telephonisches Gespräch erledigt haben«, entschuldigte sich der Arzt.
»Philipp schläft wahrscheinlich schon«, sagte der Baron noch immer ganz außer Atem. »Ich werde selbst in Ihrer Wohnung anrufen.«
»Bemühen Sie sich doch nicht selbst, Herr Baron! Warum ist denn niemand von der übrigen Dienerschaft gekommen?«
»Ich habe sonst niemanden im Hause, Doktor«, sagte der Baron verlegen.
»Sie scherzen wohl? Die ganze Arbeit in dem großen Haus besorgt der alte Philipp?«
»Das nicht. Aber ich habe vor zwei Stunden die übrige Dienerschaft weggeschickt. Ich werde gleich telephonieren. 17846 – – das ist doch ihre Nummer, nicht wahr? – – Gute Nacht, Doktor.«

Die Baronesse

»Guten Morgen, Herr Baron! Ich habe soeben dem Patienten die dritte Injektion verabreicht. Es wird Sie freuen, zu hören, daß sich sein Zustand gebessert hat.«
Der Baron schüttelte dem Arzt in freudiger Erregung die Hand.
»Wird er aufstehen dürfen? Kann er schon sprechen?«
»Nein. Davon ist keine Rede. Aber er hat eine verhältnismäßig ruhige Nacht hinter sich, und die Lähmungserscheinungen sind ein wenig zurückgegangen.«
»Wirklich?« rief der Baron und trat nahe an das Krankenbett heran. »Ulam Singh! Hörst du mich? Ulam Singh!«
Der Kranke rührte sich nicht. Die Augen starrten unbeweglich zur Decke empor, der linke Mundwinkel war schief nach abwärts gezogen. Nichts in seinem Gesichte verriet Leben.
»Lassen Sie ihn, Herr Baron!« mahnte der Arzt. »Er ist ja nicht bei Bewußtsein, er kann Sie gar nicht hören.«
»Er hört mich nicht«, sagte der Baron traurig. »Aber es geht ihm trotzdem besser, nicht wahr?«
»Ja. Ein wenig. Das Gift der Tik Paluga wirkt in unserem Klima anscheinend weniger rasch, vielleicht auch weniger intensiv als in den Tropen, – das wäre eine plausible Erklärung. Sicherlich gibt sein Zustand für den Augenblick keinen Anlaß zur Beunruhigung.«
»Für den Augenblick«, wiederholte der Baron niedergeschlagen. »Das ist wenig, das ist furchtbar wenig.«
»Er wird jetzt nach der neuerlichen Injektion ein paar Stunden vollkommene Ruhe nötig haben. Bis Mittag mindestens. Auch Ihnen wird ein wenig Ruhe guttun. – Sie scheinen

nicht gut geschlafen zu haben diese Nacht«, sagte der Arzt mit einem forschenden Blick auf das Gesicht des alten Mannes.

»Wie hätte ich denn schlafen können, nach dem, was geschehen ist. Wie werde ich jemals wieder ruhig schlafen können, bei all dem, was unser harrt, wenn Ulam Singh stirbt.«

Dr. Kircheisen blickte den Baron aufmerksam an. Der »tolle Baron« sah so gar nicht toll aus – sondern im Gegenteil wie ein höchst korrekter Hofrat, der seine 35 Dienstjahre auf dem Rücken hat.

»Sie befürchten Belästigungen durch die Polizei wegen der Schlange – ist es das, was Sie beunruhigt?«

Der Baron schüttelte den Kopf. »Nein«, sagte er. »Das ist es nicht. – Oder doch auch, zum Teil«, setzte er nach einer Weile rasch hinzu. »Glauben Sie, Doktor, gibt es eine Möglichkeit, daß Ulam Singh jemals wieder wird aufstehen und sich frei bewegen können wie vorher?«

»Das ist –« Der Arzt wollte sagen: ausgeschlossen. Er unterbrach sich aber, denn er sah mit wachsender Verwunderung die unerklärliche Aufregung des alten Mannes. »Das ist keinesfalls völlig ausgeschlossen«, beendete er den Satz, um die Erregung des Barons nicht zu steigern.

»Keinesfalls völlig ausgeschlossen.« Der Baron betonte jedes einzelne Wort. »Ich verstehe Sie, Doktor.« Er ging langsam im Zimmer auf und ab und blieb schließlich nachdenklich vor dem Arzte stehen.

»Dann versprechen Sie mir eines, Doktor! Wenn es mit ihm zu Ende geht, dürfen Sie mir es nicht verheimlichen! Werden Sie mir es sagen ein paar Stunden vorher? Eine Stunde vorher?«

»Gewiß, wenn Sie Wert darauf legen.«

»Dann wird vielleicht noch alles gut«, seufzte der Baron. »Dann kann vielleicht noch alles gut werden, wenn Sie mir das zusagen. Eine Stunde vorher. Dann ist noch Zeit genug.«

»Wozu?« fragte der Arzt. »Wozu ist Zeit genug?«
»Es könnte sein«, gab der Baron zur Antwort, so langsam, als überlegte er jedes einzelne Wort, »es könnte sein, daß Ulam Singh etwas Unerläßliches zu Ende bringen müßte, ehe er stirbt.«
»Etwas Unerläßliches?« fragte der Arzt halb mißtrauisch, halb neugierig. »Um was könnte es sich da handeln?«
»Ich bitte Sie, erlassen Sie mir das! Es ist wirklich schwer, darüber zu sprechen«, sagte der Baron und strich mit der Hand über den Hinterkopf, als müsse er einen Schmerz verscheuchen, der dort saß.
»Wie Sie wünschen«, sagte der Arzt. »Ich habe durchaus nicht die Absicht, mich in Ihre Angelegenheiten zu drängen.« Er stand am Fenster und hatte des Barons Bemerkung nur flüchtig gehört und zerstreut und halb mechanisch die Antwort gegeben. Seine Aufmerksamkeit war durch ein seltsames Bild, das sich ihm unten im Garten bot, gefesselt worden.
Es ist im allgemeinen nichts Bemerkenswertes, wenn ein kleines Kind mit einem Reifen spielt. Zweifellos ist es ein reizvoller Anblick, besonders, wenn des Kindes Bewegungen anmutig und flink sind, aber sicher keineswegs Veranlassung genug, förmlich hypnotisiert in den Garten hinunterzustarren und alles, was ringsumher vorgeht, zu vergessen, wie es Dr. phil. und med. Kircheisen in ebendiesem Augenblick tat. Doch der Wildfang, der auf dem freien Platz zwischen der Wiese und der Villa spielte, war eben kein kleines Kind, sondern eine erwachsene junge Dame. Eine erwachsene junge Dame, die mit einem Kinderreifen spielt! Eine hohe, schlanke Gestalt mit einem feinen, schmalen Gesicht und blondem Haar, das in einem losen Knoten im Nacken niederhing. Ein kleiner, weißer Foxterrier sprang neben ihr her – o weh, jetzt war der Reifen niedergefallen! Wie zornig sie war, wie sie mit dem Fuß stampfte vor Ärger, einmal,

zweimal, dreimal, noch einmal! Ja, sie war mit voller Leidenschaft bei dem kindlichen Spiel. Schon flog sie wieder hinter dem rollenden Reifen her, – was für zarte, edelgeformte Knöchel sie doch hatte! Jetzt war der Reifen abermals umgefallen – wie traurig sie nun da stand, wie verzweifelt sie den Kopf schüttelte! Ihr kleiner Fox war schuld, der hatte den Reifen umgeworfen.

Dr. Franz Kircheisen, bis dahin ein ernster Gelehrter von ziemlichem Ruf, verspürte plötzlich eine unbändige Lust, an dem Spiel der jungen Dame unten im Garten teilzunehmen. ... Es muß eigentlich eine ganz amüsante Sache sein, dieses Spiel ... dachte er, ... gar nicht so arm an Kombinationen, wie man meinen könnte. Vielleicht ist es jetzt übrigens gar das neueste in der vornehmen Welt. Zu meiner Zeit allerdings haben die jungen Mädchen mehr Tennis oder Krocket gespielt. Aber die Mode! Auch derlei ändert sich natürlich ...

»Ist die junge Dame dort unten Ihre Tochter?« wandte er sich an den Baron.

»Junge ... Dame ...?« wiederholte der Baron zerstreut und trat ans Fenster. »Ja! Das ist meine Tochter Gretl.« Er hielt plötzlich inne und sah den Arzt unter zusammengezogenen Brauen forschend an. »Sie kennen meine Tochter?« fragte er leise.

»Nein ... ich habe leider noch nicht das Vergnügen«, erwiderte Dr. Kircheisen. »Wie sollte ich auch! Ich komme gar nirgends hin, ich lebe zwischen meinen vier Wänden. Ich gehe selten in Gesellschaft, niemals auf Bälle.«

»Meine Tochter Gretl! Meinen Sie etwa, daß die auf Bälle geht?« rief der Baron und brach in ein kurzes, heiseres Lachen aus, das in einen Hustenanfall überging. »Nein! Meine Tochter war noch niemals auf einem Ball! Aber wollen wir nicht frühstücken gehen, Doktor?«

»Lassen Sie sich nicht stören, Herr Baron. Ich werde noch

die Morgentemperatur des Patienten messen und dann ein wenig Toilette machen. Ich komme Ihnen bald nach.«
»Ich habe auf der Terrasse decken lassen, weil heut ein so schöner, sonniger Tag ist. Ich erwarte Sie dort, Doktor!«
Als Dr. Kircheisen eine halbe Stunde später auf die Terrasse trat, kam ihm der Baron, der in einem mächtigen Lederfauteuil an dem mit Schalen und Schüsseln bedeckten Frühstückstisch gesessen war, entgegen.
»Nun, wie geht es denn meinem armen Gärtner?« fragte er.
»Immer gleich«, gab der Arzt zur Antwort. »Das Fieber ist ein wenig gestiegen, aber man muß in Betracht ziehen, daß das die Morgentemperatur ist.«
Der Baron führte ihn an den Tisch. Dr. Kircheisen ließ seinen Blick in der Runde gehen. Die hundertfältigen Schattierungen des herbstlichen Laubes entzückten ihn. Das Treibhaus, ein kleines, moscheeartiges Gebäude, sah zwar ein wenig exotisch, sonst aber ganz friedlich und gar nicht mehr gespenstisch aus. Von seinem Platz aus konnte der Arzt zum erstenmal die ganze große Ausdehnung des Parkes erkennen, die Sorgfalt, die an jeden Weg, an jede Anlage gewendet war, richtig würdigen. Auf dem Platz vor der Terrasse allerdings war der feine Kies ein wenig in Unordnung gebracht – das hatte die Baronesse mit ihrem Reifen am Gewissen. Dr. Kircheisen spähte den Park ab und lächelte in der Erinnerung.
»Sie müssen entschuldigen, wenn das Frühstück heute zu wünschen übrig läßt«, sagte der Baron und versuchte dem Arzt aus der Kanne Tee in die Schale zu gießen. Seine Hand zitterte dabei so stark, daß Dr. Kircheisen ihm sacht die Teekanne abnahm und sich selbst bediente. »Philipp hat das Frühstück bereitet, da sonst niemand im Hause ist.«
»Weshalb haben Sie eigentlich Ihre Leute so kurzerhand weggeschickt, Herr Baron?« fragte der Arzt.
»Das hat sein müssen!« gab der Baron einsilbig zur Antwort.

»Was haben die Leute angestellt?«
Der Baron schien um eine Antwort verlegen zu sein und überlegte eine Weile. »Ich habe sie nicht weggeschickt. Sie wollten nicht bleiben. Es ist ihnen auch nicht zu verübeln, wenn eine Schlange im Hause ihr Unwesen treibt. – Sie suchen Zucker, Herr Doktor? O weh, den hat Philipp vergessen. Ich pflege nämlich den Tee immer ohne Zucker zu nehmen, ich versüße ihn mit Biskuit – nach anglo-indischer Sitte – wollen Sie's nicht auch so versuchen?«
Philipp erschien und legte ein Päckchen Briefe und Zeitungen auf den Tisch.
»Erlauben Sie, daß ich rasch ein wenig die Post ansehe«, bat der Baron und griff nach einem Brief. »Endlich – das ist die lang erwartete Einladung vom Touringklub. Man fordert mich auf, einen Lichtbildervortrag über meine Tibettour zu halten. Leider werde ich absagen müssen, denn ich habe die Diapositive der Aufnahme des Ibi-Gamin-Passes noch nicht fertig. Das war keine leichte Sache, der Ibi-Gamin-Paß. Wissen Sie, wie hoch er liegt? 6240 Meter. Es ist der Paß, der von Garhwal hinüber nach Tibet führt.«
»Ich habe einiges davon gehört – Sie sollen ja einer unserer unternehmendsten und erfolgreichsten Alpinisten gewesen sein in Ihrer Jugend«, sagte Dr. Kircheisen höflich.
»In meiner Jugend! Ja!« sagte der Baron und wurde plötzlich ganz traurig. »Ja, ich bin gerne und viel geklettert, ich hab' die Berge über alles geliebt – in meiner Jugend. Die steilen Kletterfelsen, die schmalen Rasenbänder an glatten Wänden, die Felsrinnen, die Kamine, die luftigen Grate – an all das werd' ich vergessen müssen –! Doktor, ich kann es nicht, es ist unmöglich!«
»Mein Gott, Herr Baron, Sie hatten wohl schon einige Jahre hindurch Gelegenheit, sich mit dieser Notwendigkeit abzufinden. Der Schmerz könnte inzwischen doch schon vergangen sein!« sagte der Arzt.

»Doktor! Machen Sie mich wieder jung! Oh, wenn Sie doch das könnten.«

»Der alte Traum der Menschheit!« sagte Dr. Kircheisen lächelnd.

»Wenn Sie doch das könnten!« wiederholte der Baron leise und starrte vor sich hin.

»Sie haben Ihre Jugend stürmischer durchlebt als andere Menschen, die zwischen ihren vier Wänden geblieben sind; Sie haben sie bis ans Ende genossen und heute –«

»Nein!« rief der Baron mit plötzlicher Heftigkeit. »Nicht bis ans Ende! Weiß Gott, nicht bis ans Ende!«

»– Und heute«, beendete der Arzt den Satz, indem er sich von der Tafel erhob. »Heute gibt es nur eine Weisheit: Fröhlich vom Tisch aufstehen, wenn das Mahl zu Ende geht. Das müssen Sie lernen. – Dort kommt Ihre Tochter, Herr Baron.«

Dem Arzt gegenüber hing ein Spiegel ein wenig geneigt an der Wand, und in diesem Spiegel konnte er den ganzen Park überblicken und sah die Baronesse, die mit dem Reifen um die Schulter über den Kiesweg auf die Terrasse zugelaufen kam.

»Wo?« fragte der Baron. »Wo sehn Sie Gretl?«

»Sehn Sie sie nicht dort im Spiegel?« fragte der Arzt und wies mit dem Arm nach der Wand.

Dr. Kircheisen hatte in dem Hause des Barons während der wenigen Stunden seines Aufenthaltes schon eine ganze Anzahl absonderlicher und verwirrender Tatsachen beobachtet, aber die neueste Schrulle des Barons war doch närrischer, als man selbst von einem alten Sonderling erwarten konnte.

»Himmel! An den hab' ich vergessen!« schrie er entsetzt auf. »Doktor, rasch! Helfen Sie mir, der Spiegel muß fort!«

Dr. Kircheisen faßte kopfschüttelnd nach dem Spiegel und versuchte ihn von der Wand zu lösen. Aber der schwere Spiegel hing fest an seinem Haken und wollte nicht weichen.

»Rasch! Rasch!« schrie der Baron. »Sie kommt schon die Treppe herauf.«
»Wer denn?« rief der Arzt.
»Gretl!« sagte der Baron. »Er geht nicht hinunter. Wo ist mein Stock? Wir müssen ihn zerschlagen.«
Und ehe der Arzt begriff, was eigentlich vorging, schlug der Baron mit der Krücke seines Stockes wütend auf die Spiegelscheibe los, die klirrend in Trümmer ging.
»So!« sagte er dann befriedigt, als nur noch der leere Rahmen an der Wand hing; dann legte er den Stock auf den Tisch und schöpfte Atem: »Ich liebe es nicht, wenn Gretl in den Spiegel sieht. Gretl ist hübsch, und junge Mädchen werden so leicht eitel –«
Ganz fassungslos starrte Dr. Kircheisen den Baron an. Da hörte er schon Gretls helle Stimme hinter seinem Rücken: »Armer Papa! Einen Spiegel zerbrochen! Sieben Jahre Unglück! Sieben Jahre Unglück!«
Die Baronesse stand – nein, sie hüpfte vielmehr von einem Fuß auf den andern. Den Reifen hatte sie über die Schulter gehängt, so, wie Soldaten den gerollten Mantel zu tragen pflegen. In den beiden Händen hielt sie ein klapperndes, klirrendes Etwas – was mochte das nur sein?
Jetzt, da sie vor ihm stand, sah er, daß die Baronesse nicht mehr so jung war, wie er vermutet hatte. Er hatte sie auf zwanzig Jahre geschätzt, – sie mochte die vierundzwanzig schon überschritten haben. Die ersten, leisen Züge des Verwelkens standen in ihrem Gesicht, das dadurch auf seltsame Art verfeinert und veredelt wurde.
Dr. Kircheisen machte eine leichte Verbeugung, die die Baronesse jedoch nicht beachtete. Er wiederholte seinen Gruß, ohne jedoch mehr zu erreichen als einen flüchtigen Blick aus den großen blauen Augen des jungen Mädchens.
Jetzt stellte die Baronesse das klirrende Ding auf den Tisch. Es war eine Sparbüchse, wie Dr. Kircheisen auch einmal eine

besessen hatte als Bub von sechs Jahren, ein tönernes, braun-glasiertes Schweinchen mit einem mächtigen Schlitz am Rücken!

»Papa! Bitt' schön, meine Krone!« bat die Baronesse.

Über die verfallenen Züge des Barons huschte es wie ein Lächeln. Ächzend ob der Anstrengung, die die Bewegung ihm verursachte, holte er sein Portemonnaie hervor und reichte seiner Tochter das Geldstück.

Sie ließ die Münze durch den Schlitz gleiten, schüttelte das Schweinchen und horchte auf das Klappern der Münzen.

»Aber ich muß ja schon genug haben«, rief sie plötzlich. »Gleich will ich nachschauen.«

Und ohne weitere Umstände kniete sie auf den Glasboden der Veranda hin – als wäre es die natürlichste Sache von der Welt, daß eine junge Dame von vierundzwanzig Jahren nicht immer nur stehen und sitzen, sondern zur Abwechslung auch einmal auf der Erde knien dürfte. Dann zerschlug sie die Sparbüchse auf dem Boden und begann zu zählen.

... Wie reizend! Wie natürlich! Ein Wildfang von vierundzwanzig Jahren – dachte der Arzt und wandte sich an den Baron.

»Darf ich bitten, mich der Baronesse vorzustellen?«

Der Baron sah ihn einen Augenblick lang verständnislos an. »Vorstellen ...«, sagte er. »Ja, Gott, richtig. Gretl, das ist der Herr Doktor, der unsern armen Ulam Singh wieder gesund machen wird. Sag ihm guten Tag.«

Dr. Kircheisen zupfte sich die Krawatte zurecht, machte einen Schritt vorwärts und verbeugte sich. Aber die Baronesse reichte ihm nur flüchtig die Fingerspitzen und fuhr sogleich wieder fort, ihre Münzen zu zählen, ohne ihn weiter zu beachten.

Ich bin ihr nicht sympathisch! Ich bin ihr sehr gleichgültig! dachte Dr. Kircheisen. Das ist kein Wunder; sie ist sicher sehr umschwärmt und verwöhnt von den jungen Leuten. Vielleicht, wenn ich eleganter wär'.

Dr. Kircheisen war sehr niedergeschlagen und ein wenig verletzt.

»Hurra!« schrie plötzlich die Baronesse. »Sechsunddreißig Kronen! In vier Tagen kann ich mir die Hansi kaufen, die in der Auslag' in der Kärntner Straße, du weißt doch, Papa!«

Sie sprang auf, griff nach dem Reifen und lief die Treppe hinab, ihr blauer Rock wehte gleich darauf über die Wiese. Billy, der Fox, kläffte hinter ihr her.

»Das ist wohl eine Katze, die Hansi?« fragte Dr. Kircheisen, der dem jungen Mädchen wie gebannt nachstarrte. »Oder ein kleiner Hund?«

»Nein«, antwortete der Baron. »Die Hansi ist eine Puppe. Meine Tochter spielt gern mit Puppen.«

Ein Verdacht

»Gnädiger Herr!« meldete Philipp, der in der Tür stand. »Es ist einviertel zehn, das gnädige Fräulein wird gleich hier sein.«
Der Baron erschrak sichtlich. Er fuhr auf, tastete mit unsicheren Händen nach der Uhr und blickte den Diener an.
»Was machen wir, Philipp?« fragte er.
Der Diener zuckte die Achseln.
»Vielleicht, wenn der gnädige Herr sich verleugnen lassen? Vielleicht, wenn der gnädige Herr ausgeritten sind?«
... Also wenn er sich vor irgend jemanden verleugnen lassen will, so ist ›ausreiten‹ doch eine ein bißchen unwahrscheinliche Ausrede ... dachte der Arzt. – Wer wird dem alten Herrn glauben, daß er überhaupt auf ein Pferd hinaufklettern kann – es kostet ihn Mühe genug, sich aus dem Lehnstuhl zu erheben.
Der Baron hatte ein Weilchen nachgedacht. »Es ist meine Braut, die mich immer um diese Stunde abholt«, wandte er sich an den Arzt.
»Sie sind verlobt?« fragte der Arzt und blickte überrascht den alten Mann an.
»Sie wissen das nicht?« gab der Baron lächelnd zurück. »Dann haben Sie natürlich auch keine Ahnung, wer meine Braut ist. Ich bin mit der Melitta Ziegler verlobt. Der Name muß Ihnen doch geläufig sein?«
»Er kommt mir tatsächlich bekannt vor. Trotzdem weiß ich im Augenblick nicht ...«
»Aber die Melitta Ziegler, die Heroine des Burgtheaters, die müssen Sie doch kennen?«

»Ja, natürlich, dem Namen nach. Persönlich kenne ich sie nicht. Hab' leider noch nicht das Vergnügen gehabt, auch von der Bühne her nicht – ich komme nie ins Theater. In die Variétés geh' ich manchmal, aber auch nur, wenn Tierdressuren zu sehen sind, für die interessiere ich mich.«
»Sie werden meine Braut in ein paar Minuten kennenlernen – ich muß Sie nämlich um eine große Gefälligkeit bitten, lieber Doktor!«
»Verfügen Sie über mich, Herr Baron!«
»Ich bin heute nicht in der inneren und, um ganz aufrichtig zu sein, auch nicht recht in der äußeren Verfassung, um meine Braut empfangen zu können. Nicht wahr, Sie werden ihr entgegengehen und mich bei ihr entschuldigen, mit Unwohlsein etwa –«
... Natürlich, dachte der Arzt. ... Für gewöhnlich färbt er sich wahrscheinlich die Haare, der alte Herr, möcht' möglichst jung erscheinen – heute hat er das in seiner Aufregung vergessen. Sie wird's natürlich nicht anders halten. Eine alte Schauspielerin, färbt sich, schminkt sich wahrscheinlich, und so betrügt eben einer den anderen!
»Oder wissen Sie, was noch besser wär'? Sagen Sie ihr doch einfach, ich sei beim Reiten vom Pferd gestürzt! Keine Verletzung, nur ein kleiner Nervenchock. Ja, das wird das Klügste sein! Aber sie darf sich nicht etwa beunruhigen – keine Verletzung, Doktor! Nur ein kleiner Chock, der in zwei Tagen vorüber ist.«
... Du lieber Gott ... sie wird mir ja ins Gesicht lachen, wenn ich ihr erzähle, daß dieser alte, gebrechliche Herr da geritten ist! ... fuhr es dem Arzt durch den Kopf.
»Wenn meine Braut mich unbedingt zu sehen wünscht, so führen Sie sie, bitte, in mein Arbeitszimmer! Aber konzedieren Sie ihr nur fünf Minuten höchstens, – einen längeren Besuch dürfen Sie als Arzt nicht zulassen, – müssen Sie ihr sagen. – Was gibt's, Philipp?«

»Der Wagen fährt eben vor, Herr Baron!«
»Wo ist die Gretl?«
»Die Baronesse ist auf ihrem Zimmer.«
»So sperr die Tür ab! Die Baronesse darf ihr Zimmer nicht verlassen, solang' Fräulein Ziegler im Hause ist.« Er sah den erstaunten Blick des Arztes, versuchte ein Lächeln und erklärte: »Gretl und meine Braut disharmonieren ein wenig – vorläufig wenigstens. Aber ich hoffe, daß sich das mit der Zeit geben wird. Und jetzt flott, Philipp! Also nicht wahr, Doktor: Keine Verletzung, nur ein kleiner Chock!«
Dr. Kircheisen eilte raschen Schritts die Treppe hinab, durchquerte die Halle und ging über den hell im Sonnenlicht liegenden Kiesweg auf das Gittertor zu. Dort stand schon der Dogcart. Eine hochgewachsene junge Dame schwang sich eben vom Kutschersitz herab und trat neben das Pferd, einen prächtigen, in Silber geschirrten Fuchs.
»Zucker!« rief sie dem Lakaien zu. Der hielt seiner Herrin ein geöffnetes Büchschen entgegen, dessen Inhalt sie in ihre flache Hand schüttete. Während sie das Pferd naschen ließ, konnte Dr. Kircheisen sie mit Muße betrachten.
Donnerwetter! – Nein, das war nicht die ältliche Komödiantin, die er anzutreffen erwartet hatte. Wahrhaftig nicht! Ein lebensprühendes, junges Geschöpf, kaum zwei Jahre älter als die Baronesse, deren Stiefmutter sie werden sollte. Kein Wunder, daß die beiden sich nicht vertragen wollten. Dr. Kircheisen betrachtete gebannt das goldbraune Haar, das in natürlich koketten Wellen unter einem aus Veilchen gebildeten Hute hervorquoll, auf das feine Gesicht mit der edel geschnittenen Nase und den großen dunklen Augen.
... Und dieses entzückende Geschöpf soll den alten Baron heiraten! ... durchfuhr es den Arzt. ... Was ist das für eine sonderbar verderbte Welt, die solche Verbindungen kennt! Der alte, verfallene Mann und dieses blühende, genußfreudige Wesen – wie soll man das begreifen können! – Ach

Gott, nur zu leicht ist das Rätsel gelöst: Ein reicher Mann, ein Millionär und eine Schauspielerin! Eine schöne Frau braucht schöne Kleider, kostbaren Schmuck – der Dogcart sagt alles. Er spricht Bände. Wenn sie nicht die Braut des Barons wäre, müßte sie mit der elektrischen Tram nach Hietzing hinausfahren. Und er, der reiche, alte Mann – mit welchen Unsummen Geldes mag er sich den Körper dieser jungen, reizvollen Frau kaufen! Ein Handel. Nichts anderes – und jeder glaubt den anderen betrogen zu haben. Indessen, all das kümmert mich nicht ... dachte Dr. Kircheisen. ... Ich entledige mich meines Auftrages ...

Die Schauspielerin hatte den Arzt bisher nicht beachtet. Jetzt erst hatte sie die Fütterung des Pferdes beendet und warf dem Lakaien die Zügel zu. Dabei fiel ihr Blick auf Dr. Kircheisen, der sich leicht vor ihr verbeugte. Erstaunt sah sie ihn an.

»Ich bitte um Vergebung, mein Fräulein«, sagte der Arzt, »wenn ich Sie heute hier empfange.«

»Wo ist denn der Felix ...?« fragte sie ungeduldig. »Wo ist der Baron?«

»Das ist es ja eben ... Erlauben Sie, daß ich mich vorstelle. Dr. Kircheisen ... Ich bin Arzt.«

»Melitta Ziegler. Mitglied des Burgtheaters.«

»Sehr erfreut, meine Gnädige. Der Herr Baron hat mich zu sich rufen lassen ...«

»Es ist doch um Himmels willen nichts passiert?« rief die Schauspielerin.

... Donnerwetter – dachte der Arzt. ... Ordentlich blaß ist sie geworden. Die scheint sehr besorgt um ihn zu sein, oder sie spielt glänzend Theater ...

»Nur eine Kleinigkeit. Nichts von Belang«, gab er zur Antwort.

Die Hand der Schauspielerin haschte nach seinem Arm. »Es ist ihm etwas zugestoßen!« schrie Melitta Ziegler verzwei-

felt. »Er ist krank! Was fehlt ihm? Sprechen Sie doch, Herr Doktor.«
»Ein kleiner Unfall beim Reiten. Er ist vom Pferd gestürzt«, sagte der Arzt zögernd, denn diese Lüge klang ihm allzu unwahrscheinlich, und es kostete ihn Überwindung, sie über die Lippen zu bringen.
Doch – wie sonderbar. Melitta Ziegler schien ihm zu glauben. Daß der hinfällige, alte Herr sich unmöglich auch nur eine Sekunde lang im Sattel halten konnte, das schien ihr ganz und gar nicht einzufallen.
»Er ist verletzt! Er ist gefährlich verletzt!« Ihre Stimme zitterte.
»Aber gar nicht. Verletzt ist er überhaupt nicht«, beruhigte sie der Arzt. »Nur ein kleiner Nervenchock, das ist alles.«
Die Hand ließ ihn los. Der Arm fiel schlaff herab.
»Gott sei Dank!« flüsterte sie und lehnte sich gegen das Torgitter. »Jetzt kommen Sie, Doktor. Ich will zu ihm. Wie ist das Unglück geschehen?«
... Du lieber Gott! ... dachte der Arzt. ... Ja, wie ist das Unglück geschehen? Wenn ich's nur selber wüßte. Aber irgend etwas muß ich ihr doch erzählen! Ich hab's schließlich dem Baron versprochen. ...
»Ja, ... also gestern abend!« begann er seinen Bericht, und gleich darauf sprach er fließend, denn er hatte sich rasch irgendeine Art von Reitunfall zurechtgelegt. »Zu Anfang der Allee soll's gewesen sein. Die Straßenlaterne brannte nicht.«
»So eine Wirtschaft!« rief die Schauspielerin. »Diese Wiener Verwaltung! Als ob jemals irgend etwas in Ordnung wär'.«
»Wie der Unfall eigentlich geschehen ist, weiß ich nicht. Es scheint, daß das Läuten eines Radfahrers das Pferd so erschreckt hat. Dieser Radfahrer hat, als er herankam, den Herrn Baron auf der Erde liegend in leichter Ohnmacht gefunden. Er ist dann rasch ins nächste Kaffeehaus gefahren, um nach einem Arzt zu telephonieren. Das war aber nicht

nötig, da ich zufällig in dem Kaffeehaus gesessen bin. Ich hab' den Herrn Baron schon bei Bewußtsein gefunden – ein paar Hautabschürfungen und ein leichter Nervenchock, das war alles. Morgen wird er sein Zimmer wieder verlassen können.«
»Bitte, führen Sie mich jetzt zu ihm! Er liegt im Schlafzimmer?«
»Nein, in seinem Arbeitszimmer. Ich muß Sie aber aufmerksam machen, daß der Patient strengste Ruhe nötig hat.«
»Dann ist es also doch gefährlich! Hat er nicht nach mir verlangt? Warum hat man mir nicht sofort telephoniert? Noch gestern abend!«
»Das war wirklich nicht notwendig. Es lag kein Anlaß vor, Sie in Unruhe zu versetzen. Es ist bestimmt nichts Ernstes.«
»Dann lassen Sie mich zu ihm!«
»Gewiß, wenn Sie das beruhigt. Eine Unterredung von fünf Minuten kann ich Ihnen gestatten, wenn Sie mir versprechen, alles zu vermeiden, was den Herrn Baron aufregen und seinen Zustand verschlimmern könnte.«
»Natürlich! Ich verspreche es Ihnen, Herr Doktor!«
An der Tür des Pseudo-Krankenzimmers verabschiedete sich Dr. Kircheisen von der Schauspielerin. Er wollte inzwischen noch ein wenig nach dem Kranken schauen, sich die Sicherheit verschaffen, ob er das Haus auf eine oder zwei Stunden verlassen könnte, denn er hatte allerlei aus seiner Wohnung zu holen. Leise trat er an des Inders Bett. Ulam Singh lag bewegungslos und schlief. ... Das ist kein ungünstiges Symptom ... sagte er sich. ... Solange er nicht deliriert, ist wohl keine unmittelbare Gefahr. Das ist eigentlich etwas sehr Merkwürdiges, dieser gewaltige, beinahe heroische Kampf des menschlichen Körpers gegen das attackierende Gift. Freilich, in diesem Fall ist der Kampf vergeblich: das Gift wird Sieger bleiben. Aber bis dahin: alle Wechselfälle des Krieges zwischen Gift und menschlichem Körper: lang-

sames Vordringen des tückischen Feindes, zähe Verteidigung, der jähe Versuch einer raschen Überrumpelung – abgewiesen für den Augenblick! Jetzt herrscht so etwas wie ein Waffenstillstand: Ulam Singh schläft.
Dr. Kircheisen sah auf die Uhr: ... Die fünf Minuten sind um ... Jetzt muß ich die beiden stören; sie wird ungehalten sein. Sie scheint ihn wirklich und aufrichtig gern zu haben, den alten Mann. Wie sie erschrocken war, und wie ängstlich besorgt. Dieses blühende Geschöpf liebt den grauhaarigen, hinfälligen Greis, der ihr Vater, wenn nicht gar ihr Großvater sein könnte! Frauen sind oft schwer verständlich in ihren Neigungen ...
Er klopfte an die Tür des Arbeitszimmers. »Herein!« antwortete ihm die Stimme der Schauspielerin. »Oh, Sie kommen schon, mich zu holen. Ja, was ist Ihnen denn, Herr Doktor! Kommen Sie doch herein! Wovor fürchten Sie sich denn?«
Dr. Kircheisen war erstaunt zurückgeprallt und ganz verwirrt in der offenen Türe stehengeblieben. Das Zimmer war von tiefer Finsternis erfüllt. Vergeblich versuchten die Augen, irgendeinen Gegenstand auszunehmen. Nur durch die offene Tür, in der Dr. Kircheisen stand, fiel jetzt ein breiter Lichtstreifen und ließ Helligkeit in einen kleinen Teil des Zimmers fallen.
»Aber so schließen Sie doch die Tür!« hörte der Arzt die Stimme des Barons. »Sie haben mir doch selbst die Dunkelheit verordnet!«
... Ich habe ihm gar nichts verordnet, ... dachte der Arzt, zog die Türe hinter sich zu und stand ein wenig betäubt im Dunkeln.
»Ja, mein Kind, ich kann dir nicht helfen!« ertönte jetzt wieder die Stimme des Barons, und man merkte ihm an, daß er zu scherzen bemüht war. »Der Herr Doktor ist streng. Wir müssen ihm folgen.«

»Aber ich darf doch nachmittags wiederkommen?« fragte die Schauspielerin.
»Ich möcht's ja so gern!« klagte der Baron. »Aber der Doktor erlaubt's nicht!«
»Aber morgen doch? Morgen um diese Zeit.«
»Morgen ...«, wiederholte der Baron und machte eine lange Pause. »Ja, wir wollen hoffen, daß morgen alles vorbei ist. Und nun leb' wohl, mein Kind!«
»Darf ich jetzt bitten, gnädiges Fräulein?« sagte der Arzt und öffnete die Tür so weit, daß er und die Schauspielerin das Zimmer verlassen konnten. Melitta Ziegler schloß die Augen und hielt die Hand wie einen schützenden Schirm vor. »Wie das Licht blendet ...«, sagte sie. »Weshalb haben Sie das dunkle Zimmer angeordnet, Doktor? Sind denn die Augen auch in Mitleidenschaft gezogen?«
»Direkt eigentlich nicht ...«, antwortete der Arzt, der über das verdunkelte Zimmer selbst ganz erstaunt war. »Aber in derlei Fällen empfiehlt man gern absolute Dunkelheit, weil ihr zugleich meist eine vollkommene Ruhe assoziiert ist.«
»O Gott, – lieber Herr Doktor – wenn nur alles rasch vorüberginge!«
»Wir wollen es hoffen, gnädiges Fräulein.«
»Es scheint ihn doch tüchtig mitgenommen zu haben. Ich hab' ihn zwar nicht sehen können, aber seine Stimme klang ganz anders als sonst. Wie von einem ganz andern Menschen, dacht' ich anfangs.«
»Sie finden, daß seine Stimme ungewöhnlich oder verändert geklungen hat?« fragte der Arzt interessiert. »Wie die Stimme eines Fremden?«
»Beinahe, ja! Es muß doch keine Kleinigkeit sein, solch ein Nervenchock. – Sie wollen auch fort, Doktor?« fragte die Schauspielerin, als sie Hut und Stock in den Händen des Arztes sah.

»Ja, auf einen Sprung in meine Wohnung«, gab der Arzt zur Antwort.

»Sie wohnen im ersten Bezirk? Aber, so fahren Sie doch mit mir, Herr Doktor! Bitte schön, ist mir ein Vergnügen ... Keine Umstände ... ich setze Sie ab, wo Sie wollen. In der Nähe Ihrer Wohnung oder auf der Ringstraße. Woran denken Sie denn eigentlich, Herr Doktor? Sie hören mir ja gar nicht zu!«

Dr. Kircheisen war allerdings wieder einmal gar nicht bei der Sache. Verzückt starrte er auf eines der Parterrefenster, aus dem eben die Baronesse, geschickt wie ein Akrobat, lachend und übermütig auf einem ziemlich halsbrecherischen Wege in den Garten hinab jonglierte. »Schauen Sie nur, gnädiges Fräulein!« sagte Dr. Kircheisen und wies auf Gretl. »So ein Wildfang! So ein entzückender Tunichtgut!«

»Na ja!« sagte die Schauspielerin, die schon im Wagen saß, gleichmütig. »Wenn Ihnen das gefällt ... Kommen Sie jetzt rauf zu mir. Es wird zwar ein bissel komisch aussehen, wenn die Dame kutschiert und der Herr daneben sitzt, aber das wird Sie hoffentlich nicht weiter genieren.«

... Die Baronesse und ihre künftige Stiefmama scheinen wirklich nicht zu harmonieren ... dachte der Arzt, als er neben der Schauspielerin die Allee hinunterfuhr. ... Wie wenn sie Luft wäre, so hat die Melitta Ziegler das arme Mädel behandelt. Die Stiefmutter, natürlich! Das alte Lied. Ein bissel eifersüchtig auf ›Schneewittchen hinter den Bergen‹ ...

»Ich kann Ihnen gar nicht sagen, wie mir die Geschichte in die Glieder gefahren ist!« sagte die Schauspielerin nach einer Weile. »Ich muß mich sofort niederlegen, wenn ich nach Hause komme. Dabei hab' ich morgen das Rautendelein zu spielen, mit einem neuen Heinrich noch dazu. Mit dem Lauterböck aus Düsseldorf – kennen Sie vielleicht den Lauterböck? Ein sehr talentierter Mensch ... Nur ein bissel zu viel spucken tut er, wenn er in Feuer kommt ... Sie entschuldigen

schon, Herr Doktor, aber Sie haben keine Ahnung, wie unangenehm das für die Partnerin ist.«
»Ich kann mir's vorstellen!« sagte der Arzt zerstreut.
»Sehr gescheit find' ich's von dem alten Philipp, daß er die Gretl rasch zur Schwester des Barons aufs Land geschickt hat. So hat man ihr wenigstens die Aufregung erspart.«
»Wen hat man aufs Land geschickt?«
»Die Gretl, die Tochter meines Bräutigams.«
»Ja, wer hat Ihnen denn das erzählt?« fragte der Arzt erstaunt.
»Na, Felix selbst natürlich. Der Baron.«
»Daß er die Baronesse aufs Land geschickt hat?«
»Wer wird denn so einen Fratzen Baronesse nennen. Wir nennen sie untereinand' immer nur den ›Spatzen‹. Ein herziger Kerl – ich bin ganz vernarrt in mein künftiges Töchterl! Dabei ist sie ein Spitzbub! Der Fratz hat mir vorigen Dienstag, als sie mit ihrem Vater bei mir zu Mittag war, eine Bürste ins Bett gelegt – ich hab's erst am Abend beim Schlafengehen gemerkt –«
»Aber die junge Dame, die vorhin aus dem Fenster geklettert ist, – war denn das nicht die Baronesse Gretl?«
»Wer?« fragte die Schauspielerin und verzog hochmütig die Lippen. »Aber was fällt Ihnen denn ein, wie kommen Sie auf so was? Das war doch nicht die Gretl! Die Person hab' ich zum ersten Male gesehen. Eine von den Domestiken vielleicht – ein Stubenmädchen oder so was.«
Der Arzt schwieg. Ein Gedanke, der für einen Augenblick in ihm aufgetaucht war, als die Schauspielerin des Barons Stimme »eine von einem ganz anderen Menschen« genannt hatte, verdichtete sich plötzlich zu einem Verdacht. Darum also das dunkle Zimmer ... darum war das junge Mädchen in das Zimmer eingesperrt worden!
»Und jetzt werden wir ein bissel aufhören zu plaudern, weil wir auf die Mariahilfer Straße kommen und da muß man

achtgeben beim Kutschieren, daß man keinen Pallawatsch anrichtet«, sagte die Schauspielerin. »Wenn Sie aussteigen wollen, melden Sie sich gefälligst an, Herr Doktor. Und jetzt schaun wir, daß wir vom Tramwaygleise wegkommen, sonst schreibt uns noch ein Wachmann auf ...«

Die Ersteigung der Cima Undici und –

Dr. Kircheisen war in hohem Grade Gewohnheitsmensch. Daß er erst jetzt, um elf Uhr vormittags, dazu gekommen war, sein gewohntes Morgenbad zu nehmen, störte ihn in seiner Ordnung und machte ihn verdrießlich. ... Nun, dafür hab' ich's wenigstens in meiner eigenen Wohnung gehabt und nicht in dem fremden, unbehaglichen Badezimmer der Hietzinger Villa und kann jetzt in Ruhe über all das nachdenken, was ich seit gestern erlebt hab' ... Damit tröstete er sich, während er in sein Schlafzimmer trat. Er nahm Kamm und Bürste und stellte sich vor den Spiegel.
Resümieren wir einmal ..., dachte er. ... Gehen wir die Dinge der Reihe nach durch. Der Baron wird mir als Hochtourist geschildert. Und ich finde einen alten Herrn vor mit allen Anzeichen einer Arteriensklerose in ihrem vorgeschrittenen Stadium. Er bekommt Besuch und versucht, sich verleugnen zu lassen, empfängt ihn schließlich in einem vollkommen verdunkelten Raum. Erschrickt vor jedem Lichtstrahl, der auf sein Gesicht fallen könnte. Er will nicht gesehen werden. Schon das ist auffällig genug, aber lange noch nicht alles. Seine Stimme klang beim Besuch verändert – ›wie die einer ganz andern Person‹, hatte die Schauspielerin gesagt. Dazu kommt noch, daß die gesamte Dienerschaft Knall und Fall aus der Villa entfernt worden ist. Offenbar gibt es etwas zu verheimlichen. Nur der alte Philipp durfte bleiben – daraus folgt, daß dieses Faktotum in alles eingeweiht ist. Für das gibt es aber nur eine einzige Erklärung! ...

Dr. Kircheisen legte Kamm und Bürste aus der Hand und ging unruhig im Zimmer auf und nieder.
... Die Lösung des Rätsels ist, ... setzte er eine Schlußfolgerung fort, ... daß der alte Herr, den ich in der Villa angetroffen habe, nicht der Baron Vogh ist. Er gibt sich für den ›tollen Baron‹ aus – ich weiß nicht, aus welchem Grunde. Alles deutet darauf hin. Die Ausrede, daß er beim Ausreiten vom Pferd gestürzt sei. Dieser alte, hinfällige Mann will geritten sein! Aber die Schauspielerin war gar nicht erstaunt darüber. Ihr erschien das ganz selbstverständlich. Natürlich! Der wirkliche Baron Vogh ist wahrscheinlich ein ebenso glänzender Reiter wie ein hervorragender Alpinist. Und der alte Herr dort oben ist aus irgendeinem Grunde genötigt, die anstrengende Rolle des ›tollen Barons‹ zu spielen ...
Dr. Kircheisen blieb stehen und machte hastig ein paar Züge aus seiner Zigarette.
... Wenn es noch irgendeines weiteren Beweises bedürfte ..., überlegte er. ... Meine Beobachtungen auf der Fahrt hierher ...! Die Melitta Ziegler kannte das junge Mädchen gar nicht, das mir als die Baronesse vorgestellt worden ist. ›Ein Stubenmädchen wahrscheinlich‹, hatte sie gesagt. Und: ›Ich seh' die Person zum erstenmal.‹ Natürlich, das reizende Mädchen war ebensowenig die Baronesse Vogh wie ihr Vater der Baron. Darum war sie in ihrem Zimmer eingeschlossen worden, damit sie der Schauspielerin nicht zu Gesicht käme ... Und jetzt erinnerte sich Dr. Kircheisen auch, in welch ängstlichem, mißtrauischem Ton der Pseudobaron ihn heute morgens gefragt hatte: ›Kennen Sie meine Tochter Gretl?‹ Natürlich, hätte er, Dr. Kircheisen, zur Antwort gegeben: ›Ich habe bereits das Vergnügen‹, so wäre das Mädchen vor ihm genau so versteckt gehalten worden wie vor der Melitta Ziegler.
Was aber war der Sinn dieses ganzen Spiels? Lag ein Verbrechen vor? Waren der wirkliche Baron und seine Tochter aus

dem Wege geräumt worden? Oder waren das alles erst die Vorbereitungen zu einem Verbrechen, für dessen Ausführung etwa die Hilfe des indischen Gärtners benötigt wurde? »Er hat noch etwas Wichtiges, etwas Unerläßliches zu Ende zu bringen!« hatte der Pseudobaron gesagt. Was war es, wozu der sterbende Ulam Singh gebraucht wurde? Und wenn der alte Mann in der Villa die Rolle des Barons spielte – wo waren der wirkliche Baron und seine Tochter? Sind die beiden auf Reisen? Oder am Ende tot?
... Das sind Fragen, die beantwortet werden müssen! ... sagte sich Dr. Kircheisen und zog, vor dem Spiegel stehend, entschlossen den Knoten seiner Krawatte zu ... Daneben gibt es allerdings noch andre dunkle Punkte, zu deren Aufhellung meine Vermutung, daß der ›tolle Baron‹ und der gebrechliche alte Herr dort zwei verschiedene Personen sind, nicht hinreicht. Wie kommt die giftige Tik Paluga in die Villa? Wie ist es überhaupt gelungen, sie lebend nach Europa zu schaffen? Der Inder soll sie aus ihrer Heimat gebracht haben – aber er hat vor anderthalb Jahren Indien verlassen, und die Schlange ist kaum drei Monate alt. Das ist mehr, als ich begreifen kann. Und dann der zerschlagene Spiegel. ›Himmel, den hab' ich vergessen!‹ hatte der Baron geschrien. Wahrhaftig, ich habe auch in der ganzen Wohnung keinen Spiegel bemerkt. Eine recht sonderbare Schrulle, daß seine Tochter niemals ihr Spiegelbild sehen darf!
Seine Tochter ... wie furchtbar, wenn auch sie in diese dunkle Sache verwickelt wäre. Etwas Schlimmes ist dort oben geschehen, etwas Fürchterliches vielleicht ... die Unruhe des Pseudobarons, die Verzweiflung des alten Dieners, die ganze düstere und angstvolle Stimmung in dem leeren Haus, läßt es befürchten. Wollte Gott, das Mädchen wüßte nichts davon, wäre unschuldig an allem, was immer geschehen sein mag.
Dieses junge Mädchen ... dachte Dr. Kircheisen und ging ru-

helos im Zimmer auf und ab. ... Um ihretwillen bin ich dem Zufall dankbar, der mich in das Haus des Barons geführt hat. Wer hätte das gedacht! Ich hab' mir doch die ganzen Jahre hindurch nichts aus Frauen gemacht. Hab' mich nicht um sie gekümmert, hab' mich immer nur mit meinen Büchern beschäftigt und mit meiner Arbeit. Nie hab' ich es bedauert, daß ich solch ein Eremitendasein führe. Ich habe immer so eine Art innerer Überzeugung gehabt, daß nicht an mir, sondern an den Frauen die Schuld gelegen ist. Oh ... ich hab' mir vielleicht nicht die nötige Mühe gegeben, aber es war eben keine diese Mühe wert. Und mit einem Male ist eine da, die genau so ist, wie ich sie immer gern gewollt hab'. Diese eine Frau, von der ich eigentlich mein ganzes Leben hindurch geträumt hab', die sehe ich jetzt wahrhaftig vor mir! Sie ist kein Spiel meiner Phantasie, nein! Sie hat Fleisch und Blut und lebt auch nicht in einem fremden Erdteil – in meiner nächsten Nähe find' ich sie, in derselben Stadt, täglich, wenn ich will, in fünfundzwanzig Minuten für mich erreichbar! Welcher Zufall, daß ich sie niemals vorher gesehen hab'. Wer weiß, wie oft wir beide um dieselbe Stunde über den ›Graben‹ gegangen, vor demselben Schaufenster stehengeblieben sind oder wie oft wir am gleichen Vormittag in der Kriau gefrühstückt haben. Und ich Pechvogel bin sicher immer fünf Minuten zu früh dort gewesen, oder fünf Minuten zu spät.

Daß sie schön ist, das allein ist es ja nicht, was mich so vernarrt in sie gemacht hat. Nein: dieser wunderbare Seelenzustand, den ich bisher noch bei keiner Frau getroffen hab'. Wie sie durch den Garten hinter dem Reifen her gesprungen ist ... ganz Spitzbub, ganz Wildfang, ganz Tollkopf! Aber dann, auf der Terrasse, da war sie wieder die große Dame, ... jede ihrer Bewegungen voll Hoheit und Stolz. Wie anmutig sie doch das Köpfchen senkte, als ihr Vater mich ihr vorstellte. Die Dame von Welt ... und im nächsten Augenblick knie-

te sie schon wieder auf der Erde und zerschlug ihre Sparbüchse, so reizend erregt und so neugierig erhitzt. Welch ein Wunder, dieses Mädchen, das trotz aller Erziehung, trotz allen Erlebnissen, trotz allen Wandlungen ihres Körpers die süße Kindhaftigkeit ihrer Seele nicht verloren hat.
... Ich habe mit meinen Freunden oft gestritten. Ich hab' immer gesagt: die Frau, der meine Neigung gehören sollte, die müßte beides sein: Kind und Weib. Aber sie haben mich immer ausgelacht. ›Das ist unvereinbar‹, haben sie gesagt. ›Das ist ein Nacheinander, Kind und Weib, das gibt es nicht gleichzeitig.‹
Und nun hab' ich doch ein Wesen gefunden, das Kind und Weib zugleich ist. Unter Hunderttausenden vielleicht die einzige, und gerade mir ist sie begegnet. Ein Wunder, ein Märchen, so unglaubhaft, daß ich beinahe fürchte, es könnte mir zwischen den Fingern in nichts zerrinnen. Aber ich will es schon festhalten!
Und Dr. Kircheisen plättete mit einigen kräftigen Strichen die Krawatte und zerrte energisch die Weste nach unten. Seine Toilette war beendet.
... Allerdings: Vorsichtig heißt's sein, ... überlegte er, während er in sein Arbeitszimmer ging. ... Vor allem gilt es, zu erforschen, wer eigentlich die beiden sind: der alte Mann und das junge Mädchen, die sich Baron und Baronesse Vogh nennen. Natürlich, ich werde nicht so plump sein, den Mann zu fragen: ›Wer sind Sie eigentlich, mein Herr? Und wie kommen Sie dazu, die Rolle des Barons Vogh zu spielen?‹ ... Oh, nein. So ungeschickt werde ich nicht sein. Er darf nicht mißtrauisch werden. Er darf nicht merken, daß ich sein Spiel durchschaue. Erst wenn ich meiner Sache sicher bin, erst wenn ich ihn in irgendeiner Schlinge gefangen hab'. Beweise brauch' ich, bevor ich's ihm auf den Kopf zusage.
Ob ich nicht Fritz mit mir hinaufnehmen sollte? Aber da würde er sich einfach wieder verleugnen lassen, der Pseu-

dobaron. Außerdem hab' ich kein Recht, die Sache an die große Glocke zu hängen. Vorläufig ist es eine Angelegenheit zwischen uns beiden, zwischen mir und dem alten Mann.
Aber wie soll ich's denn anfangen, mir Gewißheit über die Personen zu verschaffen, mit denen ich's dort oben zu tun hab' ... Wär' es nicht doch am besten, gerade heraus zu fragen? ... Dr. Kircheisen hatte sich, während er all das überlegte, an seinen Schreibtisch gesetzt und die Post zur Hand genommen. Ein paar Reklamen chemischer Fabriken, die neue Medikamente anpriesen. Zwei Hotelprospekte. Eine Installateurrechnung. Ein Sanatorium, das um gütige Überweisung von Patienten ersucht. Ein paar medizinische Zeitschriften: »Die Klinischen Wochenblätter«, das »Archiv für Toxikologie«, die »Pharmazeutische Rundschau« und – ja, was war das? »Der Gletscher«. Zeitschrift für Hochtouristik und Klettersport. Wie mag sich das Heft in meine Post verirrt haben? Dann ein Brief. Bekannte Schriftzüge, er ist von Fritz. Herrgott, ich hab' ganz vergessen, ihn anzurufen! Was schreibt er?
Dr. Kircheisen entfaltete den Brief und las.

»Lieber Franz!

Ich habe Dich gestern abends vergeblich im Café erwartet. Versuchte Dich zweimal anzurufen, konnte aber natürlich wieder keine Verbindung bekommen. Das Heft des ›Gletschers‹, das ich Dir mit gleicher Post unter Kreuzband zusende, enthält etwas, was Dich jetzt sicher interessieren wird: den Bericht über eine aufsehenerregende, sportliche Leistung des ›tollen Barons‹, den Du vermutlich jetzt in Behandlung hast. Bitte, benachrichtige mich umgehend, was ihm eigentlich zugestoßen ist, und wie's ihm geht.
Servus! Viele Grüße

Dein Fritz.«

Dr. Kircheisen legte den Brief beiseite und suchte unter den Poststücken die Nummer des »Gletscher« hervor. Rasch überflog er den Inhalt. ›Neue Routen im Karwendelgebiet. Mit elf Autotypie-Vollbildern nach photographischen Originalaufnahmen und einer Karte‹. Schön. Weiter. ›Alpine Unterkunftsstätten in der Sierra Nevada‹. Weiter. ›Das Führerwesen in den Dolomiten‹. Dr. Kircheisen blätterte ungeduldig um. Eine Notiz über die Bewirtschaftung der Schutzhütte auf dem Pizzo Stella. Ein Nachruf für die Opfer des großen Lawinenunglücks auf dem Bruderkogel. Und da, endlich:

»Die Erstbesteigung der Cima Undici-Nordwand«
von Felix Freiherrn von Vogh.
(Vortrag gehalten am 2. September d. J. im wissenschaftlichen Klub.)

Dr. Kircheisen ließ das Heft sinken ... Da hab' ich ja, was ich brauche ... dachte er ... Das Mittel, um den Pseudobaron zu entlarven. Der wirkliche Baron Vogh hat den Berg erstiegen ... wie heißt er doch gleich ... die Cima Undici. Er hat sogar einen Vortrag darüber gehalten, somit muß er doch sicherlich alle Details im Kopf haben. Wie wär's, wenn ich dem alten Herrn in der Villa ein wenig auf den Zahn fühlte? Ich bringe ihn zweifellos in die tödlichste Verlegenheit. ›So mein Herr!‹ kann ich dann einfach sagen. ›Die Cima Undici haben Sie nicht bestiegen. Also sagen Sie jetzt gefälligst, wer Sie eigentlich sind, da Sie doch auf keinen Fall der Baron Vogh sind.‹ ... Das werd' ich ihm ganz einfach sagen, und es gehört nichts weiter dazu, als daß ich mir jetzt einmal den Artikel durchlese, ein paar Details einpräge und dann das Gespräch darauf bringe. ... Also, schaun wir uns es gleich mal an ...
Dr. Kircheisen machte sich's in seinem Schreibfauteuil be-

quem, warf einen Blick auf die Uhr und begann dann zu lesen:

»Die Nordwand der Cima Undici ist vor meiner, am 24. Mai d. J. erfolgreich ausgeführten Ersteigung von niemand bezwungen worden. Nur von der Südwestseite her ist der Aufstieg, und zwar bis jetzt zweimal gelungen. Der schottische Ingenieur Mac Culloch, der hartnäckig die Nordwand zu erklettern versuchte, fand unterhalb des zweiten Kamines im August des Jahres 1891 den Tod. Seither hat nur noch Martin von Curtis den Versuch, der Cima Undici von Norden her beizukommen, gewagt. Dreihundert Meter hinter dem Einstieg sah er sich genötigt, die Begehung abzubrechen.

Am 24. Mai um 3 Uhr morgens brach ich mit dem Führer Jakob Schwarzinger aus Heiligenblut, der bei den meisten meiner kleineren und größeren Klettereien mein Begleiter gewesen ist, aus dem Dörfchen Salo auf. Nach mehrstündiger Wanderung gelangten wir zu jener, auch in den Berichten Martin von Curtis erwähnten geräumigen Höhle, die im Volksmund die ›Osteria‹ genannt wird. Knapp oberhalb dieser Höhle beginnt der Einstieg, eine nach vorn geneigte, etwas abstehende Felsplatte, die nach oben eine Art Rampe bildet. Auf den ersten Blick schien er ein wenig mühevoll, den geübten Kletterern aber stellt er keine unlösbare Aufgabe. Wir hatten mit den Händen in den abstehenden Spalt zu greifen, die Füße aber an der jenseitigen, schrägablaufenden Fläche der Grottenwand festzustemmen, bis der Körper in fast horizontale Lage geriet. War man so weit, so hieß es, mit dem linken Fuß blitzschnell einen sicheren Halt diesseits zu finden, um dann im Sichaufrichten mit der rechten Hand einen festen Griff an der Rampe zu erhaschen.«

Dr. Kircheisen ließ das Heft sinken und schüttelte den Kopf. ... Guter Gott! Und das macht den Leuten Vergnügen! Mit dem linken Fuß blitzschnell ... Na, ich danke schön! Aber lesen wir weiter ...

»Von hier ging es in halbstündiger leichter Kletterei bis zu einem plötzlich aufragenden Pfeiler und ein paar Schritte abwärts zu einer nischenartigen Wölbung. Jetzt galt es eine ziemlich heikle Stelle rasch zu erledigen. Auf einem ganz schmalen Bande tasteten wir uns nach außen zu einer vorspringenden Rippe, über deren Schneide wir bei stärkster Exposition hinübersetzten.
Nun standen wir vor dem ersten Kamin. Ein Blick auf den Himmel ließ erkennen, daß die Stunde ziemlich vorgeschritten war. Es mochte gegen $^1/_2$ 8 Uhr morgens sein. Das Firmament war ziemlich bewölkt, und wir hatten den Vorteil einer leichten, erfrischenden Brise. Der erste Kamin erwies sich als glattwandig, war aber ohne sonderliche Mühe zu passieren. Den zweiten vermochten wir über eine kleine Gratrippe mit anschließendem Bande zu umgehen. Der Eingang des dritten Kamines war durch einen gewaltigen Steinblock verbarrikadiert. Nachdem wir uns durch eingehende Untersuchung die Gewißheit verschafft hatten, daß das Passieren dieses Kamins unerläßlich und nicht zu umgehen war, gelang es uns nach vielen Mühen den Steinklotz so weit seitwärts zu schieben, daß der Kamin eine schmale Eingangsöffnung erhielt. Nun hieß es sich durchzwängen. Auf ein paar plattigen Stufen balancierten wir hinauf, kletterten in einer ungefähr sieben Meter hohen Runse schwierig und luftig empor und erreichten jenen kanzelartigen Stand, bis zu welchem Herr von Curtis seinerzeit gelangt war. Bis hierher reichen auch die Aufzeichnungen, welche Herr von Curtis mir zu überlassen die Güte hatte, wofür ihm bei dieser Gelegenheit neuerlich mein Dank ausgesprochen sei.«

... Schwierig und luftig empor! ... wiederholte Dr. Kircheisen voll Schauder. ... Man bekommt ordentlich Kopfschmerzen, wenn man das auch nur liest. Was werden denn noch weiter für halsbrecherische Kunststücke kommen? Die Haare stehen einem zu Berge! ...

»Jetzt ein paar böse Tritte und wir hatten uns über Geröll zur Begrenzungswand hinüberzuschieben, um durch eine etwas brüchige Rinne den Sattel zu erreichen. Dann ging's ein leicht passierbares Schuttfeld hinauf. Oben angelangt standen wir vor der schwierigsten Stelle des ganzen Aufstiegs. Es war ein schmales Band, das an der stark hinausdrängenden Wand bei furchtbarer Exposition über einen nur angelehnten losen Block, der unaufhörlich schwankte, bis zu einem Riß führte, dessen Überwindung sich als außerordentlich gefährlich erwies – denn wir konnten nur den rechten Arm und das rechte Bein benützen, während die linken Gliedmaßen vergeblich bemüht waren, an der glatten Wand einen Stützpunkt zu finden. Es scheint die Stelle zu sein, an der Mac Culloch den Tod gefunden hat, denn einige Meter unterhalb sahen wir mit Rost überzogene Metallstücke, anscheinend Reste seines Eispickels, im Gestein liegen.
Als wir diese gefährliche Strecke hinter uns hatten, durften wir eine Weile rasten. Es mochte gegen $^1/_2$ 10 Uhr sein ...
Ein Rauschen schlug an unser Ohr, nicht weit von uns stürzte ein Gletscherbach nieder. Hundert Schritte von unserem Standort begann das erste Schneefeld. Mein Begleiter meinte, daß wir nunmehr das Schwerste überstanden hätten. Sosehr ich gewohnt war, ihm zu vertrauen, glaubte ich dennoch, seine Prophezeiung diesmal nicht allzuernst nehmen zu dürfen. Es sollte sich bald zeigen, wie wohlbegründet meine Skepsis war.
Hinter dem Schneefeld lag eine Geröllschicht, die von einem etwas überhängenden Kamine abgeschlossen wurde. Wir kletterten, das Gesicht nach außen, mühevoll und recht exponiert empor und landeten auf einem schmalen, völlig vereisten Grat. Hier war es, wo beinahe das Unglück geschehen wäre.

Jakob Schwarzinger ging voran, ich etwa zehn Schritte hinter ihm. Rechts fiel die Wand gut zwölfhundert Meter tief ab. Ich stand, gegen einen Felsblock gelehnt, ließ das Seil durch die Finger gleiten und sah voll Spannung Schwarzingers prachtvoller Arbeit im Felsen zu, da hörte ich plötzlich ein leises Knacken, das charakteristische Geräusch bröckelnden Gesteins. Und richtig! Unter Schwarzingers rechtem Fuß löst sich der Stein und bricht nach der rechten Seite hin ab. Der Fuß, der das volle Körpergewicht zu tragen hatte, bricht nach. Ich packe das Seil, überlege, ob ich mich links um den Block werfen soll – da sitzt auch schon der Schwarzinger, mein braver, nie aus der Fassung zu bringender Schwarzinger, rittlings auf dem Grat und dreht sich, wahrhaftigen Gotts, lachend nach mir um. Dann kriecht er gemächlich wieder auf die Kante zurück.«

»... Bei Gott, jetzt hab' ich genug. Ich les' nicht mehr weiter ...«, sagte Dr. Kircheisen entschlossen und legte das Heft aus der Hand. »... Das nimmt einen ja beim Lesen stärker her, als wenn man's selbst mitmachen müßt'. Solche Tollheiten! Solch ein Übermut! Die Leute verdienen es wahrhaftig, wenn sie den Hals brechen ...«

... Den Pseudobaron dort in der Villa zu überführen, ist aber jetzt eine Kleinigkeit. Ich brauch' ja nur das Gespräch auf den Berg zu bringen. Solche Dinge merkt man sich, die vergißt man sein Leben lang nicht wieder. Ich werde ein paar von den fürchterlichen Situationen einfach auswendig lernen. Vor allem aber den Namen des Führers. Wie heißt er nur gleich? Aha, da steht's ja: Jakob Schwarzinger aus Heiligenblut. Und jetzt rasch ein paar andere Stellen memorieren, da den Passus hinter dem dritten Kamin zum Beispiel ... wenn mir nur dabei nicht selbst schwindlig wird auf der Treppe! ...

Und Dr. Kircheisen griff nach Hut, Mantel und Stock und

ging die Treppe hinab und über die Straße, indem er unaufhörlich vor sich hin murmelte:
»... in einer sieben Meter hohen Runse schwierig und luftig empor und gelangten ... Jakob Schwarzinger aus Heiligenblut! Jakob Schwarzinger aus Heiligenblut! ...«

– einer Stiege

Fadendünn fiel der Regen nieder, als Dr. Kircheisen vor der Villa aus dem Auto stieg. Man spürte ihn kaum, merkte ihn erst, wenn man die kleinen Lachen auf dem Pflaster betrachtete, die infolge der Regentropfen in fortwährender Bewegung waren. Dr. Kircheisen hüllte sich fester in seinen Gummimantel und öffnete die Gartentür mit einem vagen und dennoch beklemmenden Vorgefühl irgendeiner neuen, beunruhigenden Überraschung, die ihn in diesem Hause erwartete.
Diese Empfindung verlor sich sogleich, als er in die Halle trat. Die erste Person, der er begegnete, war die junge Dame, die er bis zu seinem Gespräch mit der Schauspielerin für die Baronesse Vogh gehalten hatte. Sie stand mit einer Springschnur in der Mitte der Halle und schien höchst sachlich und mit einem gewissen Ehrgeiz eine Serie gleichmäßiger Sprungübungen zu absolvieren. Das Erscheinen des Arztes war ihr durchaus kein genügender Anlaß, diese Übungen einzustellen. In einer Ecke des Raumes machte sich ein Stubenmädchen mit einem Staubbesen zu schaffen. Der Baron schien neues Dienstpersonal aufgenommen zu haben.
»Sie üben da einen gesunden und nützlichen Sport aus, Baronesse!« begann der Arzt die Konversation.
»Hundertdreiundvierzig, vierundvierzig, fünfundvierzig.« Das war alles, was das junge Mädchen erwiderte.
»Es erhält den Körper elastisch und geschmeidig«, fuhr Dr. Kircheisen unbeirrt fort.
»Achtundvierzig, neunundvierzig, hundertfünfzig!« Sie warf die Springschnur hin und wandte sich nach dem Arzt um.

»Es ist sehr schwer, bis hundertundfünfzig zu kommen, ohne zu stolpern.«
»Ich hatte schon heute morgens Gelegenheit, ihre Leistungen auf dem Gebiete des Turnsports zu bewundern«, sagte der Arzt bestrebt, die glücklich begonnene Konversation in Fluß zu erhalten.
»So? Wo denn?« Sie gähnte ein wenig und gab sich überhaupt nur geringe Mühe, zu verbergen, wie sehr sie das Gespräch langweilte.
Dr. Kircheisen wurde befangen ... Ja, wenn man das wüßte, wie man eine junge Dame der Gesellschaft unterhält ... »Sie sind so fabelhaft geschickt aus dem Fenster geklettert, Baronesse!« sagte er endlich und hatte sogleich das Gefühl, taktlos gewesen zu sein. Begeht eine Dame schon solche Jungenstreiche, so darf man doch nicht darüber reden. ... Jetzt hab' ich sie wahrscheinlich in große Verlegenheit gebracht. ...
»Haben Sie mich gesehn?« fragte das junge Mädchen. »Ich hab' Sie auch gesehn.« Sie sprach ganz unbefangen und zeigte keinerlei Verlegenheit. ... Das war wieder die Sicherheit der großen Dame! ... stellte der Arzt voll Bewunderung fest.
»Sie sind mit der Mama im Wagen gesessen«, setzte die Baronesse nach einer Weile hinzu.
»Mit wem bin ich im Wagen gesessen?« fragte Dr. Kircheisen.
»Mit der Mama! Mit der Melitta.«
... O weh! dachte der Arzt ... Auch sie spielt Komödie! Sie gibt sich also wirklich für die Baronesse aus. So einfach ist sie, so natürlich, aber lügen kann sie doch. Lügen hat sie dennoch gelernt. Wie schade! ...
»Ist denn Fräulein Ziegler Ihre Mutter?« forschte er.
»Also, das ist so«, erklärte sie. »Sie heiratet ja in ein paar Wochen meinen Papa, und da kann ich sie doch schon heute Mama nennen.«
... Auch sie will mich täuschen. Auch sie will mich in dieses

Netz von Lügen verstricken. Sie ist mit im Komplott! ... Alles das ist Komödienspiel: ihre Natürlichkeit, ihre Einfachheit! Und ich hab' das nicht gleich durchschaut! ... sagte sich Dr. Kircheisen vorwurfsvoll.
»Sie hat mich heute geschnitten, die Mama. Sie ist fortgefahren und hat mich gar nicht angeschaut«, sagte das junge Mädchen nachdenklich.
... Aha, die kleine Komödiantin ahnt mein Mißtrauen. Sie versucht es, mir irgendeine Erklärung dafür zu geben, daß ihre angebliche Mutter sie überhaupt nicht beachtet hat ... dachte der Arzt.
»Ich weiß, warum sie böse auf mich ist. Sie ärgert sich über die Bürste.«
»Worüber?« fragte der Arzt.
»Über die Bürste! Ich hab' ihr eine Bürste ins Bett gesteckt, als ich unlängst mit dem Papa bei ihr war.«
Dr. Kircheisen horchte auf ... Wie war denn das möglich, wie konnte sie von diesem kleinen Vorfall wissen, der sich tatsächlich zwischen Mutter und Tochter in der Wohnung der Schauspielerin abgespielt hatte. Melitta Ziegler hatte ja selbst davon gesprochen. Ja, tat er dem Mädchen am Ende unrecht, war sie nicht vielleicht doch die Baronesse Vogh? ... Dr. Kircheisen wollte Gewißheit haben.
»Wann waren Sie denn bei Fräulein Ziegler?« fragte er.
»Warten Sie ein bißchen! Wann war denn das nur? Heut ist Freitag! Mittwoch ... Dienstag ... Dienstag waren wir oben, Papa und ich!«
Dienstag, das stimmte wahrhaftig. Dr. Kircheisens Kartenhaus stürzte zusammen. Ja, um Himmels willen, dann hatte ihn ja also die Schauspielerin belogen. Sie hatte ihre künftige Stieftochter verleugnet! Welchen Zweck verfolgte sie damit? ...
»Ist das auch alles wahr, was Sie mir erzählt haben, Baronesse?«
»Ja, warum soll's denn nicht wahr sein? Ich hab' ihr wirklich

die Bürste ins Bett gelegt, da ist doch nichts dabei, das tu' ich oft. Sie wird schon wieder gut werden.« Die Baronesse nahm ihre Springschnur und ging in den Garten. Es hatte zu regnen aufgehört.
»Bleiben Sie doch noch, Baronesse! Hab' ich Sie beleidigt?« rief der Arzt ihr nach. Aber sie lief schon über den Kiesweg und hörte nicht mehr auf ihn. ... Jetzt hab' ich sie ernstlich beleidigt ... dachte der Arzt bestürzt ... Sicher war etwas in dem Ton meiner Worte, was sie als Respektlosigkeit oder als Mangel an Ehrerbietigkeit empfunden hat. Sie ist ohne Gruß fortgegangen! Wie konnt' ich denn nur so ungeschickt sein, wie konnt' ich denn nur so ungeschickt sein!
»Doktor, daß ich Sie endlich finde! Ich habe Sie schon in Ihrer Wohnung angerufen, aber es hieß, Sie seien auf dem Weg hierher.«
»Ist etwas vorgefallen, Herr Baron?« fragte Dr. Kircheisen und schritt auf den alten Herrn zu, der in ziemlicher Erregung in die Halle getreten war.
»Denken Sie nur! Ulam Singh ist aufgewacht! Doktor, das ist doch ein gutes Zeichen, nicht wahr?«
»Jedenfalls ...«
»Er spricht, Doktor! Er hat mit mir gesprochen.«
»Ich werde mir den Patienten gleich ansehen.«
Der Zustand des Inders hatte sich tatsächlich verändert. Noch immer lag er ausgestreckt auf dem Bett. Aber die Muskeln seines Gesichts befanden sich in heftiger Bewegung, die Falten strafften sich in unaufhörlichen Krämpfen. Kleine Schweißperlen saßen auf seiner Stirn. Er stieß Worte und Schreie aus in einem unverständlichen Idiom, seine Stimme klang heiser, manchmal schlug der Ton in den Diskant hinauf. Sein langer, schwarzer Bart lag wie eine Peitschenschnur auf der Bettdecke.
Es war ein schauerlicher Anblick, dieser exotische Fremdling, der sich so wild um sein Leben wehrte.

Dr. Kircheisen dachte in diesem Augenblick nicht mehr an das kränkende Verhalten der Baronesse, das ihn vorher so beunruhigt hatte. Er war in diesem Augenblick wieder ganz Arzt, nichts als Arzt und hatte keinen anderen Gedanken als die Sorge um seinen Patienten.
»Verstehen Sie ihn?« fragte er den Baron.
»Zum Teil. Er spricht wieder in seiner Muttersprache. Maharattisch.«
»Was will er?«
Der Baron horchte eine kurze Weile auf die Fieberschreie des Kranken.
»Aha!« sagte er dann. »Wieder die alte Geschichte. Er beteuert, daß er unschuldig sei. Nicht er, sondern ein gewisser Nahib Ram hätte in jener Nacht die Wache gehabt.«
»Was bedeutet das?« fragte der Arzt.
»Hab' ich Ihnen noch nichts davon erzählt? Ulam Singh war einmal Diener des Pravatitempels in Agra. Aber er hat seine Kaste verloren, weil in jenem Tempel ein schweres Sakrileg begangen worden ist. Darum ist er auch mit mir nach Europa gekommen; in Agra war er seines Lebens nicht mehr sicher. Er hat schon lange nicht mehr davon gesprochen. Jetzt, in seinen Fieberträumen kommt die alte Geschichte wieder zum Vorschein.«
»Haben Sie Eis im Hause?«
»Natürlich«, sagte der Baron und drückte den Klingeltaster. Der Arzt hatte, während der Baron dem Diener seine Weisungen gab, ein Tuch hervorgezogen und dem Kranken die Schweißtropfen von der Stirn gewischt.
In diesem Augenblick richtete sich der Inder in seinem Bette auf. Mit weit aufgerissenen Augen starrte er den Baron an.
»Hemp!« stieß er mit heiserer Stimme hervor.
Die Wirkung, die dieses Wort auf den Baron ausübte, war eine außerordentliche. Er sprang mit einem Ruck aus sei-

nem Lehnstuhl auf, ergriff die Hand des Kranken und legte sein Ohr an des Inders Mund.

»Ja, Ulam Singh! Sofort sollst du Hanf haben, sofort!«
»Was will er?« fragte der Arzt.
»Hanf.«
»Er phantasiert, Delirium! Achten Sie nicht darauf.«
»Nein!« rief der Baron in wachsender Erregung. »Er weiß sehr gut, was er will. Doktor, er weiß, was er will. Er spricht ganz vernünftig.«
»Sehen Sie doch! Was soll das wieder bedeuten?«
Der Inder hatte mit einer plötzlichen Bewegung dem Arzte das Tuch aus der Hand gerissen, mit dem ihm dieser den Schweiß von der Stirne gewischt hatte. Mit Entsetzen sah der Arzt, wie der Kranke seine Beute in den Mund stopfte und voll Gier bemüht war, den Fetzen Leinwand rasch hinunterzuwürgen.

»Achtung!« schrie Dr. Kircheisen. »Helfen Sie mir, rasch, sonst schlingt er es hinunter!«
»Lassen Sie ihn nur! Lassen Sie ihn, Doktor!«
Mit Mühe und unter Aufbietung aller seiner Kräfte gelang es dem Arzt, dem sich heftig wehrenden Inder das Tuch aus den Zähnen zu reißen.

»Lieber Gott, warum haben Sie ihn denn nicht in Ruhe gelassen!« jammerte der Baron.
»Meinen Sie noch immer, daß der Kranke bei Sinnen ist? Er deliriert, er weiß nicht, was er tut«, keuchte der Arzt ganz außer Atem, denn er hatte einen förmlichen Ringkampf mit dem Kranken zu bestehen gehabt.
»Er wußte, was er tat. Sie hätten ihm seinen Willen lassen sollen!« rief der Baron zornig. Dann beugte er sich über den Kranken, der jetzt völlig erschöpft und teilnahmslos dalag.
»Ulam Singh!« rief er. »Ulam Singh! Er hört mich nicht! Er versteht mich nicht!«

»Er hat Sie auch vorhin nicht verstanden und nicht einmal gehört. Es war das Fieber-Delirium.«

»Nein! Er war vollkommen bei Vernunft! Er hat ja sofort nach Hanf verlangt, sowie er mich erkannte. Er hat ganz deutlich: ›Hemp‹ gerufen.«

»Nun, und? Was wollen Sie damit beweisen?« fragte der Arzt.

»Nichts!« sagte der Baron plötzlich ganz leise und senkte den Kopf zu Boden. »Sie haben recht, er hat im Fieber gesprochen.«

»Nun, ein Eisumschlag und eine neuerliche Antitoxin-Injektion, das wird das Fieber am besten bekämpfen. Übrigens: Der Kranke ist erstaunlich bei Kräften; förmlich ringen hab' ich mit ihm müssen.«

»Sie hätten ihm seinen Willen lassen sollen«, sagte der Baron nachdenklich.

»Ich hätte ihn das Tuch verschlingen lassen sollen? Er wäre erstickt!«

»O nein! Er hätte das Tuch sogleich selbst wieder hervorgezogen. Er wollte die Reinigung seines Körperinnern erreichen. Sie kennen wahrscheinlich die Riten der indischen Saddhus nicht. Es heißt, daß das Reinigen des Körperinnern mittels eines Leinwandstreifens zu einer höheren Stufe seelischer Vervollkommnung führt.«

»Ich verstehe Sie nicht, Herr Baron. Sprechen Sie jetzt von den Hirngespinsten und Träumen der indischen Mystik?«

»Wollte Gott, es wäre ein Traum und es gäbe ein Erwachen«, sagte der Baron ganz leise und halb für sich und sah dem Arzt zu, der jetzt mit geschickten Händen dem Kranken den Eisumschlag um die Stirne legte.

»So, nun wären wir fertig für den Augenblick«, sagte der Arzt.

»Es geht ihm heute besser, Doktor, nicht wahr, es geht ihm viel besser – glauben Sie nicht?« fragte der Baron.

»Anscheinend«, sagte der Arzt kurz. Er sah keinen Grund, den alten Mann durch die Eröffnung zu beunruhigen, daß ihm das Delirium das letzte Stadium des Todeskampfes einzuleiten schien. Das Leben Ulam Singhs zählte nur noch nach Stunden.
Der Baron war sofort wieder in guter Laune.
»Sie machen mir doch das Vergnügen, mit mir zu speisen. Nur wir beide, ganz allein ...«
»Und die Baronesse?« fragte Dr. Kircheisen.
»Meine Tochter hat schon mit ihrer neuen Gesellschafterin zu Mittag gegessen«, antwortete der Baron. »Ich muß Sie ferner um weitgehende Nachsicht bitten. Ich kann für die neue Köchin keine Verantwortung übernehmen, sie ist erst drei Stunden im Haus. Nein, nicht hinunter. Wir werden oben im ersten Stock speisen, auf der Terrasse kann man ja bei diesem Wetter nicht sitzen.«
Der Baron trat höflich zur Seite, um den Arzt vorangehen zu lassen. ... Jetzt ist der Augenblick gekommen ... dachte Dr. Kircheisen. ... Jetzt werd' ich ihm die Falle stellen.
»Wenn ich nicht irre, haben Sie als erster die Cima Undici in der Brentagruppe bestiegen, Herr Baron?«
Der alte Herr blieb augenblicklich stehen und blickte überrascht den Arzt an. »Sie wissen davon? Interessieren Sie sich am Ende auch – sind Sie gar selber Hochtourist?«
»Ein wenig. Nur ein Outsider gewissermaßen«, sagte der Arzt.
Der Baron ergriff in freudiger Erregung Dr. Kircheisens Hand und schüttelte sie. »Auch Alpinist? Aber das ist ja herrlich! Und das sagen Sie mir erst jetzt?«
»Wann war das eigentlich, daß Sie die Cima Undici erstiegen haben?« unterbrach ihn der Arzt kühl.
»Das kann ich Ihnen ganz genau sagen, es war in diesem Frühjahr, am 24. Mai.«
Der Arzt lächelte ... In diesem Frühjahr! Daß der alte Herr

sich der Ungereimtheit dieser Behauptung so gar nicht bewußt wird! Aber, wie merkwürdig ... Das Datum stimmte. »Am 24. Mai um drei Uhr morgens« ... so stand es ja in der Nummer des »Gletscher« gedruckt.
»Und von wo aus sind Sie den Aufstieg angegangen? Ich meine, wo war Ihr Standquartier.«
»In Salo, natürlich«, antwortete der Baron, ohne einen Augenblick zu zögern. »Kennen Sie dieses italienische Nest?«
... Auch das stimmt ... dachte der Arzt verwundert. ... Nun, sehen wir weiter ...
»Sie hatten einen ausgezeichneten Führer mit, wie man mir erzählt hat. Den ... den ... – wie heißt er doch nur? ...«
»Den Jakob Schwarzinger! Der geht immer mit mir. Kennen Sie ihn am Ende auch? Sind Sie vielleicht auch schon mit dem Schwarzinger gegangen? Wahrscheinlich im Glocknergebiet, nicht wahr? Das ist ja seine Spezialität, er ist nämlich in Heiligenblut zu Haus.«
... Also, das ist doch zum Staunen! Alles stimmt. Es ist ihm nicht beizukommen. Hab' ich unrecht mit meinem Verdacht? Sollte der alte Mann tatsächlich der echte und wirkliche Baron Vogh sein? Ja, dann war die Sache doch noch weit unbegreiflicher! ... Dr. Kircheisen war sehr unsicher geworden.
»Ja, er ist ein außerordentlich verläßlicher Führer, der Schwarzinger«, setzte er sein Verhör fort. »Das hat sich ja auch damals auf der Cima Undici gezeigt, bei dem Gratübergang, als sich der Stein loslöste.«
Sie stiegen langsam im Gespräch die Treppe empor, die in den ersten Stock führte.
»Wie gut Sie informiert sind!« rief der Baron in freudigem Erstaunen. »Ich weiß schon, sicher waren Sie bei dem Vortrag, den ich im Juni im Touringklub gehalten habe.«
»Erraten!« log Dr. Kircheisen. Aber seine Stimme klang ganz verzagt. ... Er ist wahrhaftig der, für den er sich ausgibt.

Ich war auf einem Irrweg. Aber wie, zum Teufel, soll ich mir dann sein Verhalten seiner Braut gegenüber erklären! Noch einen letzten Versuch! ...

»Haben Sie nicht auch Spuren Ihres verunglückten Vorgängers gefunden?« fragte er.

»Natürlich, ich habe das ja auch erwähnt in meinem Vortrag. Hundert Schritt vor dem ersten Schneefeld unterhalb des Risses liegt noch heute Mac Cullochs Eispickel im Geröll.«

... Jetzt gibt es keine Zweifel mehr. Er ist wirklich und wahrhaftig der »tolle Baron«! Ein Glück, daß ich nichts hab' merken lassen von meinem dummen Verdacht ... Da hätt' ich mich gehörig lächerlich gemacht.

»Sie kannten wohl Mac Culloch nicht?« fragte der Baron, indem er zwei Stufen auf einmal nahm. »Ich hab' ihn gut gekannt. Er war ein verschlossener Mensch, der nur selten und auch dann nur wenig sprach; aber immer hatte er einen höhnischen Zug um den Mund. Ich bin zweimal mit ihm geklettert, vor Jahren. Die Vajolett-Türme hab' ich mit ihm gemacht und dann die Bischofsmütze: Die war meine erste Klettertour. Ich war ein Anfänger, damals. Ich glaube, daß ich mich gut gehalten habe, aber er hatte kein Wort der Anerkennung für mich, nur immer den überlegenen, mokanten Zug um den Mund.«

Der Baron stieg rasch und voll Eifer die Treppe empor. »Sehen Sie, drum hat es mich immer gelockt und getrieben, die Cima Undici-Nordwand zu erklettern, an der der große Mac Culloch gescheitert ist. Und ich hab' sie erstiegen! Ich hab' mir selbst bewiesen, daß jenes impertinente Lächeln Mac Cullochs eine Lüge war, an die er selbst niemals geglaubt hat.«

Der Baron schöpfte tief Atem, nahm wieder ein paar Stufen und fuhr fort:

»Sehn Sie, Doktor, da war eine Stelle auf der Cima Undici hart unterhalb des Gipfels, die war noch schwerer als der

Riß, an dem Mac Culloch verunglückt ist. Eine glatte, steile Wand, fast ohne Griffe. Wir machten das so: Der Schwarzinger stieg mir auf die Schultern, und ich richtete mich langsam auf. Dann mußte ich mit dieser Last auf dem Rücken drei Schritte weit die Wand traversieren, bis der Schwarzinger den einen Griff erhaschen konnte, den die Wand bot.«

Der Baron drehte sich nach dem Arzt um und demonstrierte ihm jenen Griff, wobei er zur Verdeutlichung der Situation das Treppengeländer zu Hilfe nahm.

»Aber der Schwarzinger konnte den Griff nicht finden«, setzte er im raschen Weitergehen fort. »Und ich hatte keinen Halt, ich fühlte, daß wir beide, der Schwarzinger und ich, im nächsten Augenblick zerschmettert in der Tiefe liegen müßten, wenn ich die Last nicht los würde. Mein Fuß begann abzugleiten, und oben brüllte der Schwarzinger: ›Aushalten! Um Gottes willen, aushalten!‹ So hatte ich ihn noch nie rufen gehört.«

Der Baron holte tief Atem, zitternd vor Erregung.

»Und ich hielt aus, bis der Schwarzinger seinen Griff hatte. Ich weiß heut' noch nicht, wie ich's gemacht hab'. Nicht Hände und Füße allein, nein, Knie, Schulter, Brust, alles griff zu, saugte sich an der Felswand fest. Als wir oben waren, sagte der Schwarzinger: ›Mit keinem geh' ich nochmals da herauf, und wenn er mir zweitausend Gulden bar auf den Tisch legt. Aber mit Ihnen, Herr Baron, noch zwanzigmal.‹ Da hat sich's nicht mehr um Geschicklichkeit gehandelt, Doktor, nicht um Mut, nicht um Ausdauer. Nein, nur um Kraft, um ganz gemeine, rohe, körperliche Kraft!«

Dr. Kircheisen schloß die Augen. In Gedanken versuchte er sich die schauerliche Situation auszumalen. Er sah die gewaltigen Felswände und die schwindelerregenden Tiefen, er hörte den Gletscherbach brausen und fühlte den kalten Hauch des Windes, der vom ewigen Eise herkam, und inmitten dieser Welt des Grauens sah er den Baron, wie er mit seiner Last auf den Schultern furchtlos Schritt für Schritt die glatte Wand traversierte, den gähnenden Abgrund zu seinen Füßen.

Dr. Kircheisens Mißtrauen war längst gewichen. Nichts als schrankenlose Bewunderung erfüllte ihn vor dem Manne, der unter solchen Gefahren mit solch übermenschlicher Kraft – – –

Plötzlich fühlte er einen leichten Stoß. Der »tolle Baron«, der die Nordwand der Cima Undici bezwungen hatte, war ihm mitten auf der Treppe in die Arme gesunken; hilflos, zitternd, nach Atem ringend lag er da und stieß mit einem müden und traurigen Lächeln hervor:

»Doktor ... ich kann nicht weiter, ... Sie müssen mir ... da hinauf helfen, ... die vielen Stufen! ... ich hab' mir ... zuviel zugemutet, ... die Stiege ist ... zu steil ...«

Die Wachteln von Allahabad

Dr. Kircheisen hatte das Mittagessen allein nehmen müssen. Den Baron hatte er nach jenem Schwächeanfall auf der Treppe in sein Arbeitszimmer gebracht; dort lag der alte Herr jetzt auf das Sofa gebettet und schlief. –
Dr. Kircheisen schob den Obstteller von sich, zündete sich eine Zigarre an und wandte sich an den Kammerdiener Philipp, der ihn während des Essens bedient hatte.
»Also Sie bleiben dabei?« fragte er. »Sie können sich wirklich nicht erinnern, daß sich der Baron schon früher über allerlei beklagt hat? Über Schmerzen im Hinterkopf beispielsweise, über Schwindelanfälle, über Zittern in den Händen?«
»Davon hat der Herr Baron ganz bestimmt niemals gesprochen!« sagte der Diener.
»Das Leiden, das ich bei Ihrem Herrn festgestellt habe, ist nämlich nicht von heute oder gestern. Es ist eine sehr ernste Sache, mit der nicht zu spaßen ist. Sie haben sicher schon einmal den Ausdruck: Arterienverkalkung gehört?«
»Jesus Maria!« schrie der alte Diener auf.
»Das, was ihm vorhin auf der Treppe geschehen ist, das war nicht die Folge einer Ermüdung, wie Sie meinen. Das war ein leichter Schlaganfall, nichts mehr und nichts weniger. Wir müssen das Kind beim rechten Namen nennen.«
»Jesus Maria Josef!« stammelte Philipp entsetzt.
»Nun denken Sie doch nochmals nach! Haben Sie niemals Klagen über Unwohlsein von Ihrem Herrn gehört?«
Der Diener schüttelte den Kopf. »Er ist immer ganz gesund gewesen. Vor vier oder fünf Tagen hat er einen Furunkel am

Halse gehabt, den hat ihm der Hausarzt geschnitten. Herr Doktor haben vielleicht den Verband gesehen. Das ist aber auch alles. Sonst hat dem Herrn Baron niemals etwas gefehlt.«

»Hören Sie einmal!« sagte Dr. Kircheisen. »Diese Krankheit geht methodisch vor, ich möchte sagen: haushälterisch. Sie schießt nicht gleich mit schwerem Geschütz. Sie macht sich zuerst durch kleine Symptome bemerkbar: durch Kopfschmerzen, durch Zittern in den Händen und allerlei andere kleine Beschwerden. Dann erst kommen ernstere Anzeichen. Da ist eine bestimmte Reihenfolge gewissermaßen. Wenn Sie des Morgens aufstehen, ziehen Sie zuerst die Weste an, dann den Rock – Sie verstehen, was ich meine!«

»Ich verstehe den Herrn Doktor schon. Aber die Krankheit ist über Nacht gekommen!«

»Das ist ausgeschlossen. Ich werde mich mit dem Hausarzt des Herrn Baron in Verbindung setzen.«

»Ja, das wäre das beste; vielleicht finden die beiden Herren gemeinsam etwas, um dem Gärtner zu helfen.«

»Aber ich spreche doch von Ihrem Herrn! Von Ulam Singh war ja nicht die Rede! Dem ist nicht zu helfen, der wird den morgigen Tag nicht überleben.«

»Versuchen Sie's doch, Herr Doktor! Versuchen Sie's doch! Vielleicht finden Sie doch ein Mittel«, jammerte der alte Diener.

»Es handelt sich mir jetzt in erster Linie um Ihren Herrn. Sie scheinen sich des Ernstes der Sache noch immer ebensowenig bewußt zu sein wie der Baron selbst, sonst würden Sie sich nicht immer mit dem Gärtner beschäftigen, der mit der Krankheit Ihres Herrn doch gar nichts zu tun hat. Ihr Herr leidet an Sklerose und raucht trotzdem die schwersten Zigarren, trinkt die unmöglichsten Weine und hat nichts als Bergtouren und Reisen im Kopf. Das muß von Grund auf anders werden. Es wird am besten sein, wenn ich ein ernstes Wort

mit der Baronesse spreche; die scheint der einzige erwachsene Mensch hier im Hause zu sein.«
Diese Bemerkung schien den alten Philipp in eine heftige Besorgnis zu versetzen. »Ich bitte, Herr Doktor sollten das nicht tun! Herr Doktor sollten das auf keinen Fall nicht tun!« rief er aufgeregt.
»Aber weshalb denn nicht? Ich werde selbstverständlich mit der notwendigen Schonung vorgehen. So rücksichtsvoll als möglich.«
»Unsere Baronesse sollten der Herr Doktor nicht beunruhigen. Es hat gar keinen Zweck, mit ihr darüber zu sprechen.«
»Es hilft nichts. Es ist meine Pflicht als Arzt, dafür zu sorgen, daß sie ihren Vater zu einer Änderung seiner Lebensweise bestimmt, solange es noch Zeit ist.«
»Herr Doktor müssen mir schon glauben: Es hat keinen Sinn, mit unserer Baronesse darüber zu sprechen. Sie hat nicht solchen Einfluß auf den Herrn Baron, wie der Herr Doktor vielleicht meinen.« Der alte Philipp holte sein blaugetupftes Schnupftuch hervor und wischte sich den Schweiß von der Stirn.
Dr. Kircheisen überlegte eine Weile. »Wer ist der Hausarzt der Familie?«
»Der Herr Doktor Bäumel, Schönbrunner Straße 62.«
»Rufen Sie ihn, bitte, an den Apparat!«
Die Auskunft, die Dr. Kircheisen in diesem telephonischen Gespräch erhielt, vermochte ihn nur wenig zu befriedigen. Der Arzt selbst war nicht in seiner Wohnung anwesend, aber seine Frau konnte aus Notizen und Bucheintragungen feststellen, daß ihr Mann in den letzten Jahren überhaupt nur drei Besuche in der Villa gemacht hatte. Zweimal war Dr. Bäumel im letzten Herbst wegen einer leichten Influenza der Baronesse zu Rate gezogen worden. Dann noch einmal, und zwar vor fünf Tagen, da hatte er dem Baron einen kleinen Furunkel operativ entfernt. Sonst hatte der Baron die Dien-

ste des Hausarztes niemals in Anspruch genommen. Daß ihrem Gatten bei einem dieser Besuche Symptome eines ernsteren organischen Leidens an dem Baron aufgefallen wären, war aus seinen Eintragungen nicht zu entnehmen.
Kopfschüttelnd ging Dr. Kircheisen im Zimmer auf und nieder. Das Charakterbild des Barons Vogh begann sich vor seinen Augen zu formen. Da war ein Mann, der mit bewunderungswerter und dennoch lächerlich wirkender Energie sich bemühte, die Spuren des Alters vor seiner Dienerschaft, vor seiner Tochter, seiner Braut, seinem Hausarzt, ja sogar vor sich selbst zu verbergen. Ein müder Mann, der jahrelang der Welt den ewig Jungen, den Unverwüstlichen, den »tollen Baron« vorgespielt, der die letzte und höchste aller Weisheiten niemals gelernt hatte: still abseits zu treten, wenn die Zeit um ist, und der Jugend, der echten, wirklichen Jugend, den Platz freizugeben. Aber, vielleicht wird ihm der Ohnmachtsanfall von vorhin die Augen öffnen, ... dachte Dr. Kircheisen. ... Vielleicht wird er jetzt begreifen, daß die Natur sich nicht täuschen und betrügen läßt wie sein Diener oder seine Braut und daß sie mit der Faust anklopft, wenn man sich vor ihren ersten leisen Mahnungen die Ohren verschließt ...
Ein Diener, der ihn in das Zimmer des Barons bat, riß ihn aus seinen Gedanken.
Der Baron war erwacht und schien den Arzt mit Ungeduld erwartet zu haben. Er ging im Zimmer auf und nieder, mit gesenktem Kopf, die glimmende Zigarre in der Hand. Rock und Weste hatte er abgelegt, denn das Zimmer war stark überheizt, das Fenster geschlossen, und noch immer brannte das Feuer im Kamin.
»Entschuldigen Sie, daß ich es mir so bequem gemacht habe«, begann der Baron. »Ich habe Sie zu mir bitten lassen, weil ich – aber, was wollen Sie denn von meiner Zigarre, Doktor?«
Dr. Kircheisen hatte ihm die Zigarre aus der Hand genom-

men und besah sie: Natürlich! Wieder eine schwere Importe!
»Hat Ihnen Ihr Hausarzt nicht das Rauchen verboten, Herr Baron?«
»Keine Spur!« sagte der Baron. »Sie finden, daß ich das Rauchen aufgeben sollte?«
»Ich müßte es Ihnen auf jeden Fall streng untersagen, wenn Sie mich zu Rate ziehen würden«, erklärte Dr. Kircheisen. Jetzt, da der Baron ohne Rock und Weste vor ihm stand, bemerkte er den Verband, den der alte Herr am Hals trug, und entsann sich, daß die Frau des Hausarztes und der Diener von einem Furunkel gesprochen hatten, der dem Baron vor ein paar Tagen geschnitten worden war.
»Arteriensklerose. Nicht wahr?« fragte plötzlich der Baron. Er sagte das mit gleichgültiger Miene, aber es klang so zaghaft und unsicher, daß es dem Arzt schien, als hätte der Baron dieses Wort zum erstenmal über die Lippen gebracht.
»Ich kann nicht annehmen, daß Ihr Hausarzt Sie über Ihren Zustand im unklaren gelassen hat.«
»Ich habe es mir gleich gedacht. Sofort als sich der lästige Druck auf dem Hinterkopf zum erstenmal zeigte.« Der Baron sprach mit leiser Stimme, beinahe nur zu sich selbst.
»Fühlen Sie diese Beschwerde schon seit längerer Zeit?« fragte der Arzt.
»Seit einiger Zeit, ja«, sagte der Baron. »Eben deswegen habe ich Sie ja jetzt heraufgebeten. Doktor, es muß etwas geschehen, und zwar rasch, sonst wird es zu spät.«
»Natürlich. Vor allem werden Sie das Rauchen aufgeben oder wenigstens einschränken, allen körperlichen Anstrengungen aus dem Weg gehen und sich bei Ihren Mahlzeiten an eine vorgeschriebene Diät halten.«
»Das alles werde ich gerne tun«, versprach der Baron. »Aber außerdem ...« Er dachte einen Augenblick lang nach. »Außerdem werden Sie dem Ulam Singh jetzt endlich das Mittel geben müssen.«

Der Arzt wurde ungeduldig und ärgerlich. Diese sprunghafte Art des Barons! Unmöglich für ihn, bei der Sache zu bleiben, einen Gedanken folgerichtig zu Ende zu denken. Jetzt war er plötzlich wieder bei Ulam Singh! »Von welchem Mittel sprechen Sie eigentlich, Herr Baron?« fragte Dr. Kircheisen gereizt.

»Von dem Mittel, das ihn für eine halbe Stunde lebendig machen kann.«

»Sie spielen auf etwas Bestimmtes an?«

»Ja, Sie wissen, was ich meine. Ihr Mittel, Doktor!«

»Ah! Das Karasin-Serum?«

»Ja! Das Karasin-Serum! Natürlich! Das ist der Name! Ich quäle mich schon seit vierundzwanzig Stunden und konnte auf den Namen nicht kommen.«

»Woher wissen Sie denn von der Existenz dieses Serums, Herr Baron?«

»Ich weiß, daß Sie mit dem Professor Karasin zusammen dieses Mittel erfunden haben.«

»Das stimmt nicht ganz. Der berühmte Chemiker, Professor Karasin, hat mit dem Serum nichts zu tun. Er ist seit zwölf Jahren tot. Es war einer seiner Schüler, Doktor Tilgner, mit dem ich zusammen an dieser Sache gearbeitet habe, und daß wir das Serum nach seinem verstorbenen Lehrer Karasin-Serum genannt haben, war bloß ein Akt der Pietät. Aber woher wissen Sie Näheres über die Wirkung dieses Serums? Doktor Tilgner und ich haben unsere gemeinsamen Untersuchungen noch nicht publiziert.«

»Ich habe jene Gerichtsverhandlung verfolgt – wie hat doch nur die große Kriminalaffäre im vorigen Herbst geheißen?«

»Ach so! Sie haben die Zeitungsberichte über den Prozeß gegen die Mörder des Privatiers Hallasch und seiner Schwester gelesen?«

»Ja, richtig! Die Affäre Hallasch!«

»Dann werden Sie aber auch wissen, daß ich das Karasin-Serum nicht in Anwendung bringen darf«, sagte der Arzt ernst.
»Ja, aber weshalb denn nicht? Eben damals haben Sie ja Gebrauch gemacht von dem Serum! Daher kenn' ich ja überhaupt Ihren Namen, Doktor!«
Dr. Kircheisen wurde es mit einem Mal klar, warum die Wahl des Barons gerade auf ihn, den nicht praktizierenden Arzt, gefallen war. Der Baron hatte das Karasin-Serum und den Namen seines Erfinders in den Zeitungsberichten über den Fall Hallasch erwähnt gefunden. Von allem Anfang an schien er dieses Serum im Auge gehabt und irgendwelche phantastische Vorstellungen an seine Wirkung geknüpft zu haben. Jetzt galt es, ihn von diesen Gedanken schleunigst abzubringen.
»Das Karasin-Serum muß leider aus dem Spiele bleiben. Sie scheinen nicht zu wissen, daß die scheinbare Besserung, die es in dem Befinden des Patienten hervorbringt, von unheilvollen Folgen begleitet ist. Schon nach einer Stunde, oft auch noch früher, stellt sich eine heftige Reaktion ein, die zumeist mit dem Tode infolge Herzlähmung endet. Doktor Tilgner und ich haben da leider nur halbe Arbeit geleistet. Das Serum wirkt absolut lebensverkürzend, und ich habe daher kein Recht, es anzuwenden.«
»Und damals in der Affäre Hallasch?« rief der Baron ganz verstört.
»Damals lag die Sache anders. Der Privatier Anton Hallasch war ermordet, seine Schwester Petronella, die ihm den Haushalt geführt hatte, tödlich verletzt worden. Der Verdacht der Täterschaft ruhte auf dem Zimmerherrn der beiden, dem Handlungsgehilfen Emil Neubauer, der, wie sich nachher herausstellte, völlig unschuldig war. Die einzige Entlastungszeugin, die Petronella Hallasch, lag in Agonie und war nicht vernehmungsfähig. Damals hab' ich über Antrag der Verteidigung der Petronella Hallasch eine Karasin-

Injektion verabreicht, um sie für einige Minuten zu Bewußtsein zu bringen. Sie hat dann tatsächlich den wirklichen Täter genannt. Es stand eben ein Menschenleben auf dem Spiel, und darum habe ich ohne Bedenken das Karasin-Serum angewandt. Aber diesmal ...«
»Auch diesmal steht ein Menschenleben auf dem Spiel, Doktor!« sagte der Baron.
»Ein Menschenleben?«
»Ja! Das meine.«
»Ich verstehe Sie nicht, Herr Baron!«
»Nein, Sie verstehen mich nicht und werden mich nie verstehen! Doktor, ich bin ein schwerkranker Mann, das wissen Sie. Ulam Singh allein kann mir helfen, er muß nur eine halbe Stunde lang denken und handeln können! Was nachher geschieht, ist gleichgültig. Wenn er dann stirbt, – Sie haben ja selbst gesagt, daß er nicht mehr zu retten ist.«
»Sie erwarten ärztliche Hilfe von Ihrem indischen Gärtner? Das ist ja recht interessant! Ich habe offenbar in ihm eine Art Kollegen zu respektieren?« fragte Dr. Kircheisen spöttisch.
»Nein. Ulam Singh ist kein Arzt. Aber er ist trotzdem der einzige, der mir helfen kann.«
»Also ein exotischer Kurpfuscher? Ich fürchte, Herr Baron, unsere braven, altbewährten heimischen Kräuterweiber, die ohnehin so schwer unter dem unlauteren Wettbewerb der Ärzte zu leiden haben, werden über diese neue Konkurrenz recht ungehalten sein.«
»Sie verspotten mich, Doktor. Sie sind ein Mann der rationalistischen, materialistischen Wissenschaft Europas. Sie werde ich niemals überzeugen können, daß es dort drüben eine andere Wissenschaft gibt, die sicher älter und vielleicht auch tiefer ist als die Ihre und die ihren Jüngern Kräfte und Fähigkeiten verleiht, von denen Sie nichts ahnen.«
Es war etwas in der Stimme des Barons, das den Arzt be-

stimmte, den spöttischen Ton fallen zu lassen und der Diskussion einen ernsthafteren Charakter zu geben.

»Doch, doch!« sagte er. »Ich habe allerlei davon gehört, auch einiges darüber gelesen. Sie glauben aber doch nicht im Ernst, daß irgendeiner dieser Fakirtricks sich nicht auf eine wissenschaftlich befriedigende Art erklären ließe? Das meiste ist zweifellos Training des Körpers, das Lebendig begraben lassen mancher Fakire zum Beispiel, soweit es nicht überhaupt als Schwindel und Humbug festgestellt ist. Andere Experimente beruhen anscheinend auf Wachsuggestion. In diese Kategorie gehört vermutlich jener bekannte Versuch mit der Bohnenranke, von dem man vor einiger Zeit so viel Aufhebens gemacht hat.«

Der Baron hatte sich bei den letzten Worten Dr. Kircheisens erhoben, stützte die Arme auf den Schreibtisch und blickte den Arzt aufmerksam an.

»Was ist das für ein Experiment, das mit der Bohnenranke?« fragte er.

»Das Experiment mit der Bohnenranke? In der Züricher psychologischen Gesellschaft wurde es meines Wissens vor zwei Jahren zum erstenmal einer kleinen Gesellschaft von Gelehrten vorgeführt. Ein indischer Gaukler pflanzte eine Bohne in die Erde, aus der innerhalb einer halben Stunde eine Ranke bis zu einer Höhe von zirka zwei Metern emporschoß und Blüten ansetzte. Er hat dann das Experiment in umgekehrter Richtung wiederholt, bis wieder zum Schluß die Bohne da war, die er in die Erde versenkt hatte. Später zeigte er dasselbe Experiment an einem Rosenstrauch. Ich war übrigens bei jener Sitzung nicht anwesend und kenne die ganze Geschichte nur aus Zeitungsberichten. Solange ich das Experiment nicht selbst gesehen und geprüft habe, muß ich es für einen ausgezeichnet inszenierten Humbug halten.«

»Und wenn ich Ihnen nun sage, daß ich ebendieses Experiment mit eigenen Augen gesehen und geprüft habe und daß

es kein Humbug ist, Doktor!« Der Baron hatte sich hoch aufgerichtet. Er zitterte am ganzen Körper vor Erregung.
»In Indien?« fragte der Arzt. Er hatte einem Futteral ein kleines Thermometer entnommen und schob es dem Baron in die Achselhöhle.
»Nein! Hier in diesem Hause!«
»Von Ulam Singh vorgeführt, wahrscheinlich. Nicht wahr?«
»Ja, Doktor! Begreifen Sie jetzt, daß mir an seinem Leben liegt?«
»Waren zu diesen Versuchen noch andere – kritischer veranlagte Personen beigezogen?
»Ich war der einzige Zeuge.«
»Sind Sie unter diesen Umständen sicher, daß Sie nicht das Opfer einer Täuschung, oder« – Dr. Kircheisen lächelte – »sagen wir: Ihrer nicht genügend geschulten, unwissenschaftlichen Betrachtungsweise geworden sind?«
»Geben Sie ihm das Karasin-Serum! Bringen Sie ihn für eine halbe Stunde zum Bewußtsein, und Sie sollen das Experiment selbst mit ansehen und prüfen. Das verspreche ich Ihnen!«
»Ich habe kein Recht, Herr Baron, das Leben dieses, nach allem, was Sie mir erzählen, zweifellos sehr interessanten Patienten nur aus wissenschaftlicher Neugierde mutwillig abzukürzen«, sagte Dr. Kircheisen lächelnd.
»Sie nehmen mich noch immer nicht ernst, Doktor! Wenn Sie mir doch nur endlich glauben wollten!«
»Aber, Sie sind im Irrtum, ich glaube Ihnen ja jedes Wort, verehrter Herr Baron«, beruhigte ihn der Arzt und zog das Thermometer unter dem Arm des Barons hervor. »Natürlich. Ich dachte mir's gleich. Neununddreißig sechs! Sie fiebern, Herr Baron.«
Er bettete das Thermometer wieder in das Futteral. »Wundfieber offenbar. Sie haben ja vor ein paar Tagen eine kleine Operation überstanden«, sagte er dann und wies auf den

Verband, den der Baron am Halse trug. »Wenn Sie erlauben, werde ich Ihnen jetzt den Verband erneuern. Zu solch kleinen Diensten erweist sich die rationalistische, materialistische Wissenschaft Europas doch vielleicht als ausreichend. Meinen Sie nicht?«
Dr. Kircheisen löste die Sicherheitsnadel ab, die den weißen Leinwandstreifen zusammenhielt. »Es ist ja wahrscheinlich nur eine Bagatelle, dieser geschnittene Furunkel, aber in Ihrem Alter muß man auch bei Kleinigkeiten vorsichtig sein. Wie alt sind Sie übrigens, Herr Baron, wenn man fragen darf?«
Die Frage schien dem Baron nicht willkommen.
»Warum wollen Sie das wissen?« fragte er. »Ich habe immer mein eigenes Tempo gehabt im Altwerden. Jeder Mensch hat sein eigenes Tempo: der eine beeilt sich, der andere läßt sich Zeit.«
»Ich meine Ihr kalendarisches Alter, Herr Baron.«
Der Baron gab keine Antwort. Dr. Kircheisen begann vorsichtig den Leinwandstreifen vom Hals des Patienten abzulösen.
»In Indien, in der Stadt Allahabad«, sagte der Baron plötzlich, »hab' ich Wachteln gefrühstückt, die waren vier Wochen alt und hatten dennoch viele hundertmal die Sonne auf- und untergehen gesehen. Sie hatten das zarte Fleisch junger Tiere und waren dabei uralt und fett vor Alter.«
»Wie das?« fragte Dr. Kircheisen.
»Die Wachteln nehmen regelmäßig zu einer bestimmten Tageszeit ihr Futter zu sich, nämlich bei Sonnenaufgang. Das machen sich die Inder zunutze. Sie sperren die Wachteln, die gemästet werden sollen, in einen dunklen Keller. Wenn nun die Türen geöffnet werden und das Tageslicht in den Keller fällt, dann glauben die dummen Tiere, es sei Morgen, beginnen zu singen und nehmen das Futter. Anfangs geschieht die Täuschung zweimal täglich, dann öfter, zum Schluß beinahe

stündlich. So werden die Wachteln alt und fett lang vor der Zeit. Sie glauben ihr Leben zu Ende gelebt zu haben, wenn ihnen das Küchenmesser am Halse sitzt, und sind satt und zufrieden. Welchen Sinn hätte es für die betrogenen Tiere, darüber nachzudenken, wann sie aus dem Ei gekrochen sind? Sie wissen nicht, ob es ein Tag war, der zwischen Sonnenaufgang und Sonnenuntergang lag, oder nur Minuten.«
»Sehr interessant«, sagte Dr. Kircheisen zerstreut. »Ich dachte anfangs, es wäre wieder irgendein indisches Fakirkunststück, das Sie mir erzählen wollten. Eine sehr philosophische und lustige Geschichte, die Geschichte von den Wachteln von Allahabad.«
»Finden Sie sie wirklich so lustig?« fragte der Baron.
Dr. Kircheisen hörte nur mit halbem Ohr hin. Er hielt den Verbandstreifen in der Hand. »Donnerwetter!« sagte er. »Haben Sie aber viel Blut verloren. Die ganze Leinwand ist durchtränkt. So! Jetzt noch die Watte ablösen, am besten mit einem bißchen Wasser schon nicht mehr nötig, es geht auch so. Jetzt, ein bißchen waschen zuerst, so und jetzt – ja, zum Kuckuck, was ist denn das?«
Der Arzt legte die blutgetränkte Watte aus der Hand, ergriff den Kopf des Barons und drehte ihn nach rechts und nach links.
»Was gibt's denn, Doktor?«
»Also, das geht über meinen Horizont! Ich finde nicht die geringste Spur einer Wunde!«
»Das ist unmöglich!« rief der Baron.
»Nicht die Spur einer Wunde! Nicht die allerkleinste Verletzung. Sie sind hier niemals geschnitten worden. Ich begreife nicht, warum Sie Ihren Hals mit einem blutgetränkten Verband umwickelt haben.«
»Sie müssen sich irren, Doktor. Mein Hausarzt hat mich vor fünf Tagen um $^1/_2$ 10 Uhr vormittags am Hals geschnitten, nachdem er mich vorher die ganze Nacht über mit essigsau-

rer Tonerde gequält hatte. Er hat die Geschwulst zuerst mit Chloräthyl-Spray anästhesiert und dann einen raschen Schnitt durchgezogen.«
»Unmöglich! Es mußte doch die charakteristische, kreisrunde, wie mit dem Locheisen ausgeschlagene Öffnung zurückgeblieben sein! Aber ich finde nichts.«
»Wirklich? Ich habe keine Wunde am Hals?« schrie der Baron. »Was ist das wieder für eine Teufelei!«
Er ließ den Zeigefinger über Hals und Nacken gleiten.
»Doktor! Einen Spiegel! Dort an der Wand hängt einer.«
»An der Wand hängt gar nichts.«
»Ach so! Ich vergaß, ich habe sie ja gestern selbst alle heruntergenommen! Dort im Schreibtischfach muß er liegen.«
Dr. Kircheisen holte den Spiegel hervor. Mit einem Mal schlug sich der Baron mit der Hand an die Stirn und ließ sich in seinen Lehnstuhl zurückfallen.
»Natürlich!« sagte er dann ruhig. »Daß mir das nicht gleich eingefallen ist!«
»Ich verstehe nicht, was das zu bedeuten hat!« rief der Arzt.
»Mir ist alles ganz klar!«
»Dann erklären Sie mir doch ...«
»Es ist die selbstverständlichste Sache von der Welt!« rief der Baron mit seinem heiseren Lachen.
»Was hat das also zu bedeuten?«
»Vielleicht ist auch das nur ein ausgezeichnet inszenierter Humbug! So nannten Sie's doch vorhin, nicht? Oder eine kleine Wachsuggestion, meinen Sie nicht, Doktor?«
»Wollen Sie mich zum besten halten, Herr Baron? Was hat Ihre Wunde mit jenem Bohnenrankenexperiment zu tun?«
Baron Vogh kam nicht mehr dazu, dem Arzt Rede zu stehen. Denn ein Ereignis trug sich in diesem Augenblick zu, so überraschend und erschreckend, daß das Rätsel des blutbefleckten Verbandes sogleich in den Hintergrund gedrängt wurde.

Der Baron war plötzlich aufgesprungen und bemühte sich mit seinen zitternden Fingern, das Fenster zu öffnen.
»Hören Sie, Doktor! Haben Sie's gehört?«
»Ja! Es hat jemand geschrien! Unten im Garten.«
Das Fenster flog auf. Der Baron beugte sich weit hinaus.
Noch einmal ertönte ein Schrei, von unten her. Diesmal lauter.
»Das ist Gretl!« rief der Baron. »Es ist Gretls Stimme! Was ist geschehn?«
Und jetzt, trapp, trapp, die Schritte eines Menschen, der in furchtbarer Aufregung über den Kiesweg gelaufen kam.
»Philipp!« kreischte der Baron. »Philipp! Was ist geschehn?«
»Herr Baron!« jammerte die Stimme des alten Philipp atemlos und keuchend von unten herauf. »Wieder eine Schlange! Der Baronesse ihr Hund ... ist gebissen ...!«

Ein Urwaldabenteuer

Von all den merkwürdigen und aufregenden Erlebnissen, die an jenem Tage auf den unglücklichen Dr. Kircheisen einstürmten, war es das Abenteuer in des Barons kleinem Treibhausurwald, das die tiefsten und nachhaltigsten Wirkungen in den Nerven des Arztes zurückließ. Lange konnte er die Erinnerung an den geheimnisvollen indischen Dschungel in der Orchideenabteilung des Glashauses nicht loswerden und noch Jahre nachher schlich sich das spukhafte Erlebnis immer und immer wieder in seine Träume. Dann fuhr er schreiend aus dem Schlaf auf, schlug wild mit den Fäusten um sich und stieß angsterfüllte oder anfeuernde Rufe aus, bis die alte Bettina, kopfschüttelnd die Lampe in der Hand, in sein Schlafzimmer trat und ihn mit ihrem Jammern in die Wirklichkeit zurückbrachte.
»Herr Doktor! Aber Herr Doktor! Gewiß sind der Herr Doktor wieder im Urwald und jagen Schlangen!«

Zweifellos ist es ein recht seltsames Ansinnen, von einem Arzt, der ganz harmlos zu einem Krankenbesuch gekommen ist, zu verlangen, er möge an einer Schlangenjagd im indischen Urwald teilnehmen. Dr. Kircheisen fand mit Recht, daß es ein wenig außerhalb seiner beruflichen Sphäre lag, dem Baron zu helfen, das giftige Reptil, das im Treibhause sein Unwesen treiben sollte, unschädlich zu machen. Dr. Kircheisen war alles andere als ein Heros. Im ersten Augenblick wollte er energisch ablehnen. Ein vages Gefühl tauchte in ihm auf, daß es in einem wohlgeordneten Staatswesen doch wohl irgendeinen Funktionär geben müsse, in dessen

Pflichtenkreis die Vertilgung solch gefährlicher Tiere fiele, – der Wasenmeister! Selbstverständlich der städtische Wasenmeister! Und sofort schoß ihm der Satz durch den Kopf, den er hier und da im Zusammenhang mit wutverdächtigen Hunden in den Zeitungen gelesen hatte: »... wurde dem Wasenmeister zur Vertilgung übergeben ...«
Aber in dem gleichen Augenblicke, da dieser Gedanke dem Arzt durch den Kopf flog, kam die Baronesse, den toten Foxl Billy in den Armen haltend, schluchzend die Treppe hinauf, und diese Begegnung war es, die dem Dr. Kircheisen zu der heroischesten Stunde seines Lebens verhalf.
Eine Welle von Mut und Entschlossenheit strömte ihm plötzlich zum Herzen.
»Baronesse!« sagte er. »Weinen Sie nicht länger. Ich werde Ihren armen Hund rächen! Wie ist denn das Unglück überhaupt geschehen?«
»Billy ist aus dem Treibhaus gesprungen, hat furchtbar geschrien und geheult und ist hin und her gelaufen«, berichtete die Baronesse, noch immer schluchzend. »Dann ist er hingefallen, hat mit den Beinen gezuckt und war tot.«
»Im Treibhaus also müssen wir die Schlange finden. Kommen Sie, Herr Baron!«
»Einen Augenblick, Doktor!« sagte der Baron. »Warten Sie hier auf mich, ich habe einiges vorzubereiten für unsere kleine Expedition. Spatz, du bleibst im Hause und gehst nicht in den Garten, eh' ich dir's erlaub'.« Der Baron verschwand im Nebenzimmer.
Dr. Kircheisen wandte sich dem »Spatzen« zu. Er fand, daß dieser Name durchaus nicht zu der Erscheinung der Baronesse paßte.
»Sie haben Ihren Hund wohl sehr gern gehabt?« fragte er das junge Mädchen.
»Er war das einzige, was ich auf der Welt hatte! Billy, mein süßer, armer Billy!« klagte die Baronesse und wischte sich

mit dem Handrücken die Tränen aus ihren großen blauen Augen.

»Aber! Aber! Das einzige? Sollte es keinen Menschen geben, den Sie auch ein wenig lieb haben?« fragte Dr. Kircheisen.

»Menschen? Die sind doch alle langweilig. Ich unterhalte mich viel lieber mit Hunden.«

»Es ist merkwürdig«, sagte Dr. Kircheisen, »wie unsere Ansichten sich begegnen. Würden Sie mir es glauben, daß auch ich zuzeiten das Gefühl habe, daß wahre, unegoistische Freundschaft nur zwischen Mensch und Tier möglich ist? Aber freilich, den Mut, diesen Gedanken laut auszusprechen, habe ich niemals gehabt. Sie sind mir um einige Jahre in Ihrer geistigen Entwicklung vor, Baronesse!«

Das junge Mädchen streichelte ihren toten Liebling und gab keine Antwort.

»Aber ich vergaß! Sie lieben ja die Komplimente nicht, Baronesse, nicht wahr?«

Die Baronesse trocknete die Tränen auf ihren Wangen.

»Nein«, sagte sie. »Es ist so langweilig, wenn die Leute sagen, daß ich hübsch frisiert bin oder ein schönes Kleid anhab'. Solche Leute laß ich stehn und lauf' weg.«

»Das ist allerdings eine recht wirksame Methode, den Herrschaften ihr geliebtes Süßholzraspeln abzugewöhnen. Ich schätze diese Sorte Menschen auch nicht sehr. Ich finde überhaupt, daß unsere Ansichten in vielen Punkten erfreulich übereinstimmen.«

»Ja«, sagte die Baronesse nachdenklich. »Sie haben Hunde auch lieb. Sagen Sie mal: Liegen Sie früh auch gerne lang' im Bett?«

»Ich möchte schon, aber ich kann mir dieses Vergnügen leider nicht immer gestatten. Ich bin mit Arbeit sehr überhäuft.«

»Ich auch!« sagte die Baronesse. »Ich muß soviel wirklich

unnütze Sachen lernen. Papa will es. Glauben Sie, daß mir Papa einen neuen Foxl kaufen wird?«
»Ich glaube, daß er dazu geradezu verpflichtet ist.«
»Nicht wahr?« sagte die Baronesse eifrig. »Aber diesmal einen stichelhaarigen. Adieu, Herr Doktor! Ich muß hinauf. Sie sind viel netter als der andere.«
»Welcher andere?« fragte Dr. Kircheisen, beunruhigt darüber, daß es einen anderen gab, und doch froh, daß er jenem anderen vorgezogen wurde. Er hielt die feine Hand des jungen Mädchens fest in der seinen.
»Der andere Doktor, der alte, brummige«, lachte die Baronesse und riß sich los, und dem Doktor schien es, als schäme sie sich nun wieder des leisen, halbversteckten Geständnisses. Er blickte ihr nach, glücklich, daß zwischen ihm und diesem Mädchen etwas zu keimen begann, was sicherlich mehr war als bloße Sympathie, und war entschlossen, sich die Achtung der Baronesse durch eine tapfere Tat zu verdienen.
»Philipp!« wandte er sich an den alten Diener, der eben eintrat. »Nun wollen wir uns einmal das Treibhaus von innen betrachten. Vor allem einmal die Kammer des Ulam Singh. Führen Sie mich hin, bitte.«
Der Raum, den der indische Gärtner bewohnt hatte, lag in einem niederen, schuppenartigen Vorbau, der der Hinterfront des Treibhauses angegliedert war, und erwies sich als ein kahles, fensterloses Gelaß, das sein spärliches Licht durch die Scheiben der Glastür empfing. Ein paar Matten lagen in einem Winkel, ein aus rohen Brettern vielleicht von Ulam Singh selbst zurechtgezimmerter Tisch bildete das einzige Mobiliar. Auf dem nackten Erdboden lag kunterbuntes Zeug verstreut, Kleinigkeiten, die den dürftigen Hausrat des Inders darstellten: Ein paar irdene Töpfe, ein großer Reismörser, ein Messingarmband und ein Gebetskranz aus roten Kügelchen. Auf dem Tisch lagen zwei Hände voll geschälter Walnüsse.

Sorgfältig durchsuchte Dr. Kircheisen die Kammer. Nichts jedoch war in dem Raum zu finden, was auch nur den leisesten Fingerzeig zur Lösung des Rätsels hätte geben können, wo, wie und zu welchem Zweck der Inder seine geheimnisvolle Schlangenzucht betrieben hatte. Da war kein Korb, kein Gefäß, in welchem Ulam Singh die gefährlichen Tiere verschlossen gehalten haben mochte, kein Futterrest, nicht die geringste Spur irgendeiner Lebenstätigkeit der giftigen Reptilien. Kopfschüttelnd zog Dr. Kircheisen die Luft durch die Nase ein. Es roch hier nach allem möglichen, nach Fett vor allem, oder nach Talg, und nicht zum besten. Aber von dem penetranten Geruch, den Schlangen zu verbreiten pflegen, war nichts zu spüren.

»Wohin führen die beiden Türen dort?« fragte er endlich den alten Philipp, der ängstlich wartend im Eingang stand, bereit, in jedem Augenblick den gefährlichen Raum zu verlassen.

»Die eine führt zu den Heizanlagen, die andere in die Orchideenabteilung.«

»Wo ist der Hund gebissen worden?«

»Bei den Orchideen.«

Der Arzt öffnete die Türe: »Kommen Sie mit!« befahl er dem Diener.

»Da werden Herr Doktor schon allein gehen müssen. Ich geh' da nicht hinein.«

»Sie haben recht. Warten Sie hier auf den Baron, ich geh' voraus.«

Dr. Kircheisen trat in einen großen, hellen Raum, aus dem ihm sofort eine Welle heißer Stickluft entgegenschlug. Ein fader, moderartiger Geruch stieg ihm in die Nase und dazwischen ein anderer, scharfer, beißender, der ihm die Tränen in die Augen trieb und einen starken Hustenreiz erweckte. Ein paar Sekunden dauerte es, ehe er sich an die atembeklemmende Mischung gewöhnt hatte. Dann blickte er sich um.

Ein paar Gießkannen, ein Rechen und anderes Gerät lagen auf dem Erdboden zerstreut. An den Wänden ein halbes Dutzend länglicher, schmaler Tische, alle dicht besetzt mit Topfblumen. Das waren die Orchideen, zumeist unansehnliche Exemplare wenig seltener, vielfach sogar gewöhnlicher Arten. Dr. Kircheisen streifte sie kaum mit einem Blick, sondern starrte mit fassungslosem Staunen in die Mitte des Raumes, denn dort stand eine Vision, eine Fata Morgana, wahrhaftigen Gottes! Dort stand der indische Urwald!
Nein! Anders konnte man dieses blühende, duftende, rauschende, in tausend Märchenfarben leuchtende Stück Wildnis nicht bezeichnen. Der Urwald von Ceylon durch ein Wunder aus Tausend und einer Nacht hierher verpflanzt! Ein gewaltiger indischer Mangobaum stand mitten im Treibhaus mit seinen blaugrünen Lanzettblättern, zwischen denen die orangeroten Früchte hindurchschimmerten. Um den Baumstamm ein üppiges Durcheinander von Lianen, ein grüner Schleier, der über die Äste des Baumes geworfen war. Und aus diesem grünen Meere leuchtete in hundert Farben das Blütenwunder des indischen Urwalds hervor. Wahrhaftig, hier war die Thumbergia alata, die Liane mit den veilchenblauen Kelchen, und dort die weinrote Blüte war die zarte Bougainvillea und diese hier mit den honiggelben Sternen, das war die Tithonia diversifolia, Ceylons schönste Liane!
Überrascht und voll Erregung trat Dr. Kircheisen ganz nahe an die Lianenwildnis heran. Er wußte nicht mehr, warum er hierher gekommen war, er hatte die Schlangen und alle anderen Seltsamkeiten des Hauses vergessen. Der Botaniker war in ihm erwacht. Niemals war er in Indien gewesen. Eine Scheu vor Ansteckung, eine hypochondrische Angst, irgendeine der furchtbaren exotischen Krankheiten, Lepra, die Schlafkrankheit oder Elephantiasis, mit heimzubringen, hatte ihm die Zauberwelt der Tropen verschlossen gehalten.

Aber in den größten Treibhäusern Deutschlands und Österreichs hatte er die Flora Indiens ebenso gründlich studiert wie die Zentralafrikas und Südamerikas. Und er konnte mit der Sicherheit des Naturforschers auf den ersten Blick feststellen, daß er hier vor einer mit stupender Geschicklichkeit, mit treuester Naturbeobachtung, mit profundester Gelehrsamkeit täuschend echt hergestellten Nachahmung des indischen Urwaldes stand.

Der Mann, der dieses kleine Treibhauswunder hervorgebracht hatte, der konnte wahrhaftig das Prädikat eines Gelehrten für sich in Anspruch nehmen. Mehr noch: Er war ein Künstler! In dem kleinen Raume von ein paar Quadratmetern hatte er ein Miniaturbild der indischen Dschungellandschaft geschaffen. Fiebernd vor Erregung kniete Dr. Kircheisen am Rande des üppigen Vegetationsstreifens nieder. Dieser Ulam Singh, der doch wahrscheinlich der Schöpfer dieses kleinen Kunstwerkes war, vereinigte eine tiefe und gründliche Kenntnis der indischen Flora mit einem feinen, beinahe kultivierten Geschmack, mit einer Künstlerschaft des Auges, die ihn die zartesten Wirkungen mit den einfachsten Mitteln hatte finden lassen. Nirgends Übertreibungen; die Farbenabtönung bei all dem scheinbar regellosen Durcheinander doch immer wohldurchdacht, so daß nie ein allzu greller Kontrast dem Auge wehe tat. So vielerlei Pflanzen, zusammengedrängt auf solch engen Raum, und dennoch wirkte das Gärtchen nicht überladen. Das also war Ulam Singh! Kein Wunder, daß der Baron um das Leben dieses einzigartigen Künstlers zitterte und bebte. Nein! Kein botanischer Garten, kein Treibhaus Europas konnte sich solch eines vollendeten Kunstwerkes rühmen. Der indischen Erde hatte Ulam Singh ihre tiefsten Geheimnisse abgelauscht, bis ins kleinste, scheinbar unwesentlichste Detail waren die Eigenheiten der südindischen Flora wiedergegeben. Da hatte sich genauso wie in ihrer Heimat, die Nepenthes destillatoria ihr

Plätzchen zwischen den Wurzeln des Mangobaumes gesucht, die fleischfressende Pflanze Ceylons mit ihren kammartigen Blättern. Und dies hier, bei Gott! Das war ja die Mimosa pudica Ceyl., die bis jetzt außerhalb Ceylons das kostbare und empfindliche Besitztum nur eines einzigen botanischen Gartens gewesen war, des Frankfurter Palmengartens, der um dieses Kleinod von allen Treibhäusern Europas beneidet wurde. Ja, das war sie, da war kein Irrtum möglich, da stand sie mit ihren lichten, gestreiften Blättchen, die sich bei der leisesten Berührung zusammenfalteten und niederbeugten. Dem Baron von Vogh, einem einfachen Blumenliebhaber, einem Dilettanten, war hier also eine Akklimatisation gelungen, deren sich bis jetzt nur eine einzige der gelehrten botanischen Zelebritäten Europas rühmen konnte! Und rings um den Mangobaum, da wucherten die herrlichsten tropischen Farrenkräuter mit ihren seltsam und phantastisch geformten Blättern hervor. Das war die Platyceria, der Farren mit den polsterartigen Blättern, ... stellte Dr. Kircheisen fest, und jener: Asplenium nidus, der groteske Vogelnestfarren, dessen Blätter riesige Trichter bildeten, aus denen ein schwerer Modergeruch hervorströmte, jener fade Geruch, der ihm beim Eintritt in den Raum so unangenehm aufgefallen war. Und unter all den seltenen Pflanzen ein dicker, grüner Teppich, wahrhaftig, das war sie, kunstgerecht angelegt, in fabelhafter Echtheit und Wirklichkeitstreue hierhergezaubert: Arundinaria walkeriana, der Miniaturbambus des Dschungels, die dicke Unterlage allen tropischen Pflanzenlebens!

Aber dort – was war denn das? Eine Orchidee, die Dr. Kircheisen noch nicht kannte! Eine Spezies, von der er noch niemals vorher gehört oder gelesen hatte! Sie sprang aus dem Blattdunkel des Dschungels empor und starrte den Arzt an, jawohl! Sie starrte ihn an, denn die Blüte war wie eine menschliche Fratze geformt, wie ein häßliches Greisinnenantlitz, blutleer und verrunzelt. Zwei dunkle Flecken standen wie Augen darinnen, und aus der Mitte sprang höhnisch eine scharlachrote Zunge hervor.

Ganz erregt trat Dr. Kircheisen näher. Eine Orchidee, die er noch nicht kannte! Er mußte den Baron sogleich nach dem Fundort fragen und nach ihrem wissenschaftlichen Namen! Vor allem aber wollte er sie einmal in der Nähe besehen. Vorsichtig kniete er nieder, daß keine der kostbaren Pflanzen beschädigt würde, und griff mit der rechten Hand durch das tausendfarbige Blättergewirr nach der unbekannten Orchidee.

»Um des Himmels willen, Doktor! Was tun Sie?« hörte er in diesem Augenblick die entsetzte Stimme des Barons hinter seinem Rücken.

Er wandte sich um – da stand Baron Vogh leichenblaß mit vor Schreck erstarrtem Gesicht im Türrahmen. Er hatte irgendwelche lederne Ungetüme, Fechthandschuhe, wie es sich später zeigte, und ein paar dünne Bambusstöckchen in den Händen, das alles ließ er aber jetzt in seinem Schreck zu Boden fallen.

»Beruhigen Sie sich, Herr Baron!« sagte Dr. Kircheisen kurz. »Ich verstehe mit Pflanzen umzugehen. Ich hab' keine Ihrer Kostbarkeiten beschädigt.«

»Aber die Schlange! So kommen Sie doch heraus! Wollen Sie denn gebissen werden?«

Dr. Kircheisen sprang auf und blickte den Baron erstaunt an: »Die Schlange? Hier?«

»Natürlich, wo denn? Hier drinnen steckt sie oder stecken sie. Es können ganz gut ihrer mehrere sein.«

»Hier? In dieser herrlichen, einzigartigen Anlage? Gütiger Himmel, ja wie sind sie da hineingekommen?«

»Wie kann denn ich das wissen!« rief der Baron mit heiserer Stimme. »Hier nehmen Sie die Handschuhe und den Stock!«

»Solch ein Unglück!« stöhnte der Arzt. »Wir werden an die Bestien nicht heran können, ohne Ihren wunderschönen kleinen Tropengarten zu beschädigen. Es ist jammerschade! Wir wollen die Pflanzen schonen so weit es möglich ist, aber ...«

»Schonen? Fort mit dem verdammten Grünzeug!« schrie der Baron, ganz außer sich vor Zorn. »Hinaus mit diesem verwünschten Unkraut!« Er hatte mit seiner behandschuhten Hand eine von den Lianen gepackt und riß und zerrte wie ein Wahnsinniger an dem zähen Schlinggewächs.

»Aber, Herr Baron! Wollen Sie denn wirklich die Pflanzen vernichten, für deren Züchtung Sie solche Mühe und so viel Geduld aufgewendet haben?«

»Hinaus mit all dem häßlichen Zeug!« tobte der Baron, rasend vor Wut. »Ich hab' genug von ihm, ich will es nicht mehr sehen!« Er hatte die prachtvolle Orchidee mit der menschlichen Fratze und der scharlachroten Zunge gepackt. Ein Ruck und sie lag zerrissen und zerfetzt auf der Erde.

»Guter Gott! Was haben Sie getan?« jammerte der Arzt. »Diese eine hätten Sie doch schonen können. Ich kenne diese Spezies gar nicht. Woher haben Sie sie denn und wie heißt sie?«

»Woher soll denn ich das wissen! Ich kenne das Unkraut nicht!« zischte der Baron, rasend vor Wut. Dann holte er tief Atem. »Jetzt los, Doktor! Vorwärts! An die Arbeit!«

Er brachte Schaufel und Rechen herbei, die an der Wand neben der Türe lehnten. »Da nehmen sie! All das Zeug da muß ausgejätet werden – bis auf die letzte Wurzel!«

»Alles? Auch diese wunderschöne Mimosa pudica?«

»Was ist das: Mimosa pudica?«

»Wie? Sie kennen sie nicht? Sie wissen am Ende gar nicht, welchen Schatz Sie in Ihrem Treibhaus gezüchtet haben?«

»Und wie kommt es, daß Sie sie kennen, diese Mimosa pudica, Doktor?«

»Ich habe mein zweites Doktorat in den Naturwissenschaften gemacht, Herr Baron. Jahre hindurch hab' ich mich, eh' ich mich auf die Toxikologie warf, in allen botanischen Gärten Mitteleuropas herumgetrieben. Die Mimosa pudica Ceyl., das ist jene Pflanze mit den gestreiften Blättchen. Sehen Sie die interessanten Schutzbewegungen, die die Pflanze ausführt, wenn ich mit dem Finger leicht über die Blätter streiche – Jesus Maria!«

Dr. Kircheisen hatte sich über die Mimosa pudica gebeugt und sprang jetzt mit einem wilden Satz zurück.

»Was ist geschehen!« rief der Baron.

»Die Schlange!« stammelte der Arzt totenblaß und hielt die Hand an sein Herz.

»Aha! Steckt sie dort drinnen? Nun, dann wird sie uns nicht entwischen. Nehmen Sie Ihre Gerte und halten Sie sich bereit!«

»Nie im Leben bin ich dem Grab so nahe gestanden wie diesmal. Beinahe hätte ich sie berührt«, flüsterte Dr. Kircheisen, noch immer blaß bis in die Lippen.

Der Baron gab keine Antwort. Er trat ganz nahe an die gefährliche Stelle heran und stieß zwei- oder dreimal vorsichtig mit der Reitgerte in das Pflanzengewirr.

Es war etwas im Wesen des Barons, das den Arzt erstaunt und verwirrt machte. Niemals hätte er dem alten Manne soviel Kaltblütigkeit, solch eine Fähigkeit des raschen Entschlusses und soviel Energie zugetraut. War der Mann, der in diesem Augenblick so selbstsicher der Gefahr entgegentrat und sie so furchtlos auf sich lenkte, der gleiche Mensch, dessen müden, hinfälligen Körper er eine Stunde zuvor auf das Sofa gebettet hatte?

Gespannt sah der Arzt auf das gefährliche Manöver.

»Da ist sie«, sagte der Baron plötzlich leise und im gleichen Augenblick erhob sich der plattgedrückte Kopf der Schlange zwischen den grünen Blättern. Mit ruckartigen, blitzschnellen Bewegungen wand sich in der nächsten Sekunde die Tik Paluga zischend an der Reitgerte empor.

»Schlagen Sie zu! Jetzt! Schlagen Sie zu!« rief der Baron halblaut. »So. Nun ist's genug. Da liegt die Bestie. Genug jetzt, Doktor! Hören Sie auf! Sie prügeln mich ja wie einen Schulbuben!«

Dr. Kircheisen hatte wie ein Wütender mit seinem dünnen Bambusstock auf die Schlange losgeschlagen und schlug noch immer weiter, jetzt aber auf des Barons Schienbein und Knie, denn die Tik Paluga lag zuckend in einem Winkel des Treibhauses, in den sie der Baron mit einem raschen Ruck seiner Reitgerte geschleudert hatte.

Der Arzt hielt inne. Er begann sich der maßlosen Aufregung zu schämen, die ihn, den jungen, starken Mann überwältigt hatte, während der Greis dort drüben wie der richtige Jäger kaltblütig und selbstbeherrscht geblieben war.

»Ist sie tot?« fragte er erschöpft und außer Atem.

»Die eine wäre erledigt«, sagte der Baron ruhig. »Aber ich wollte schwören, daß noch mehr von dem Ungeziefer in dem Unkraut steckt. Nehmen Sie die Schaufel, Doktor, und nun los! Heraus mit Ihrer Mimosa pudica und wie das Zeug sonst noch heißt!«

Alle die kostbaren Urwaldpflanzen Ceylons, die seltenen Farne, die herrlichen Orchideen, der zierliche Zwergbambus, die blühenden Lianen, alles wurde erbarmungslos ausgerissen, und flog beiseite, wo es sich, nun wirklich totes und wertloses Unkraut, zu einem häßlichen Haufen Gestrüpps sammelte. Langsam kam unter der grünen Pflanzendecke die rotbraune Erde des Treibhausbodens zum Vorschein.

Plötzlich warf der Baron seinen Spaten beiseite und griff nach der Reitgerte. »Achtung!« sagte er. »Dort ist die zweite!«

In der Tat, von dem dicken holzigen Zweig der weinrot blühenden Liane hob sich der grünlich schillernde Leib einer zweiten Tik Paluga ab. Sie lag beinahe bewegungslos, nur

der plattgedrückte Kopf schob sich in langsamer, verdrossener Bewegung von rechts nach links.
Der Baron holte mit der Reitgerte aus. »Ich treffe den Kopf!« flüsterte er. »Schlagen Sie sie gleichzeitig leicht auf den Leib. So – jetzt! He, du Bestie! Wärst du in Teufelsnamen in Indien geblieben! Was hattest du in meinem Treibhaus zu suchen?«
Vorsichtig stieß der Baron mit dem Fuß die tote Schlange beiseite. Dann bückte er sich wieder nach dem Spaten; aber im gleichen Augenblick stieß er einen Ruf des Staunens aus, und fuhr mit der Hand an seinen Kopf.
»Wo ist mein Hut? Doktor, haben Sie mir den Hut vom Kopf gerissen? Herr des Himmels! Dort oben schaukelt er!«
Mitten im Raum, wie von unsichtbaren Händen gehalten, schwebte der Hut des Barons. Ganz verdutzt blickte sein Besitzer in die Höhe.
Dr. Kircheisen war in helle Begeisterung geraten. »Eine Rotangpalme!« schrie er verzückt. »Es ist wirklich und wahrhaftig eine Rotangpalme!«
»Wie kommt mein Hut dort hinauf?«
»Calamus Rotang!« rief der Arzt und versuchte den Hut zu erhaschen. Aber er brachte den ausgestreckten Arm nicht mehr herunter. Sein Ärmel war in Fetzen gerissen, und ein scharfer stechender Schmerz kühlte seine Begeisterung erheblich ab.
Der Verbrecher war ein Schlinggewächs, der wahre Wegelagerer des Urwaldes. Lange, gefiederte Blätter, die sich in ein dünnes Seil verlängerten. Kleine Widerhaken, die am Ende dieses Seiles saßen, hatten sich blutgierig in den Arm des Arztes festgebissen.
»Hat sich denn die ganze Hölle des Urwalds bei mir ein Stelldichein gegeben?« schrie der Baron, ganz außer sich. »Doktor, was soll ich tun? Sie bluten ja!«
»Der Urwald wehrt sich!« ächzte der Arzt. »Ich darf den

Arm nicht bewegen. Rasch, nehmen Sie die Gartenschere dort und schneiden Sie die Blätter durch ... gut ... noch dieses eine! So, ich danke Ihnen. Jetzt bin ich wieder frei.«
Dr. Kircheisen ließ den Arm sinken und besah den zerrissenen Rock und die blutende Wunde.
»Das hätt' ich mir auch niemals träumen lassen, daß mir einmal ein echter Ceylonischer Calamus Rotang den Arm zerfetzen wird«, sagte er stöhnend.
»Halten Sie still! Ich will Ihnen den Arm mit meinem Taschentuch verbinden. Der Schaden ist nicht allzu groß! So ... jetzt können wir weiter arbeiten. Sie nehmen den Stock eben in die linke Hand. Sehen Sie, da gibt's schon wieder Arbeit, scheint mir.«
Er deutete auf die Wurzeln des Mangobaumes, zwischen denen in diesem Augenblick eine dritte Tik Paluga hervorgekrochen kam. Leise zischend, unwillig über den ungewohnten Lärm, der ihn in seiner Ruhe gestört hatte, kam der exotische Fremdling in raschen, stoßartigen Bewegungen auf seine Feinde zu.
Es war die letzte Tik Paluga, die die beiden töteten. Die Jagd im Urwald war zu Ende. Die unheimlichen Gäste waren aus dem Treibhaus ausgerottet.
Aber mit ihnen zugleich waren zu des Doktors Schmerz auch alle die kostbaren Pflanzen, die sein Botanikerherz entzückt hatten, vernichtet. Die bunten Lianenblüten, die stolzen Farne, die seltsam geformten Orchideen lagen verwelkt, zerdrückt, zerrissen und zertreten über den Boden des Treibhauses verstreut. Nur der Mangobaum stand noch aufrecht in der Mitte des Raumes und streckte, seines blühenden Lianenschleiers beraubt, schwermütig seine gewaltigen Äste aus, die den Arzt jetzt plötzlich trotz ihrer grünen Blätterpracht auf seltsame Art kahl und schmucklos anmuteten.
Dr. Kircheisen blickte den Baron an.
»Wie muß Ihnen jetzt zumute sein?« fragte er nachdenklich.

»Die Arbeit von vielen Monaten ist in einer Stunde zunichte geworden. Oder sind es Jahre gewesen, die Sie Ihrem kleinen Tropengarten geopfert haben?«

Der Baron brach in sein heiseres Lachen aus. »Jawohl, Doktor! Sie haben's erraten.« Aus dem heiseren Lachen wurde plötzlich ein schrilles, wütendes Gelächter. »Jahre meines Lebens hat mich der Tropengarten gekostet! Jawohl! Jahre meines Lebens!«

Dann fuhr er sich mit der Hand über die Stirne.

»Doktor!« sagte er. »Sie haben sich um meinetwillen in Lebensgefahr begeben. Wie kann ich Ihnen das danken?«

Dr. Kircheisen schwieg ein paar Sekunden. Wie eine Eingebung kam es über ihn. Jetzt war die große Gelegenheit da. Jetzt hieß es: Zugreifen!

Er blickte dem Baron fest ins Auge.

»Herr Baron!« sagte er leise. »Geben Sie mir die Hand Ihrer Tochter.«

Die Antwort, die der Baron gab, war niederschlagend und fast verletzend.

»Sie haben Ihren guten Humor nicht verloren, Doktor, trotz Ihrem zerrissenen Ärmel und Ihrer Verwundung. Und nun wollen wir zum Tee hinauf, nicht wahr? Ich wenigstens bin hungrig geworden nach dieser stundenlangen Jagd im echten indischen Urwald! Und vorher wollen wir nach Ulam Singh schauen. Er wird erwacht sein.«

»Gewiß!« sagte Dr. Kircheisen und biß sich in die Lippen. Die ironische Abfertigung, die ihm der Baron hatte zuteil werden lassen, hatte ihn beschämt und ärgerlich über sich selbst gemacht. ... Im Grunde aber war der Baron im Recht ... dachte er ... Wie konnte ich, ein Wildfremder, nach so kurzer Zeit solch eine Bitte stellen! Er hat es als Scherz genommen und das war schließlich die vornehmste Art der Ablehnung, sicherlich ...

Dr. Kircheisen zwang sich zu einem Lächeln. »Was die Echtheit des Urwalds betrifft«, sagte er, »nun, auch die hatte natürlich ihre Grenzen. Glauben Sie, Herr Baron, daß wir, wenn wir eine Stunde lang im wirklichen Dschungel herumgestrichen wären, die niedere, indische Fauna nicht auch ein wenig zu spüren bekommen hätten? Da wäre vor allem der kleine, indische Landblutegel, der dringt zu Hunderten durch die dichtesten Kleider bis an die Haut und saugt sich fest.«

»Landblutegel?« unterbrach ihn der Baron. »Doch nicht solch kleine gelbliche Würmer, dünn wie Stecknadeln, die sich wie gewisse Raupenarten fortbewegen?«

»Genau so sehen sie aus. Woher kennen Sie diese blutgierigen kleinen Teufel so genau, Herr Baron?«

»Weil Ihnen nämlich gerade einer über den Stiefel kriecht, Doktor.«

»Himmlischer Vater! Ja, wo kommt denn der her? Wahrhaftig! Ein wirklicher, indischer Landblutegel! Und da noch einer – vier – sechs – oh, mehr als zwanzig! Weiß Gott, wieviel mir schon unter die Kleider gekrochen sind!«

»Teufel!« schrie der Baron. »Dann sind sie bei mir auch! Seit einer halben Stunde schon spür' ich das Stechen in den Beinen. Doktor! Helfen Sie mir doch! Wie wird man das Ungeziefer wieder los?«

Dr. Kircheisen rieb sich die Stirne: »Ja, ist denn das möglich?« rief er völlig fassungslos. »Wie kommen denn diese Würmer daher? Die kann doch Ulam Singh unmöglich aus Indien mitgebracht haben!«

Der Baron brach wieder in sein schrilles Gelächter aus. »Humbug, Doktor! Alles Humbug! Oder wahrscheinlich eine Wachsuggestion! Soll ich Sie in den Arm zwicken, damit Sie aufwachen? Ja, Doktor, mein Tropengarten war beängstigend echt, unheimlich echt, das müssen Sie doch zugeben, Doktor!«

Die Bürste

Dr. Kircheisen schloß behutsam die Tür des Krankenzimmers und ging, die Instrumententasche unter dem Arm, nachdenklich die Treppe hinab. Er hatte dem Baron am Morgen versprochen, ihn rechtzeitig in Kenntnis zu setzen, wenn es mit Ulam Singh zu Ende ging. Die Stunde, in der er sein Wort einzulösen hatte, schien dem Arzt nicht fern zu sein. Die Injektionen, mittels deren es ihm bis jetzt gelungen war, den Einfluß des Giftes zu bekämpfen und abzuschwächen, begannen zu versagen. Die letzte, vor einer Viertelstunde verabreichte, war, so stark er auch die Dosis gewählt hatte, beinahe ohne jede Wirkung geblieben. Ulam Singh lag stumpf und teilnahmslos mit geschlossenen Augen auf seinem Lager, ein Zustand, der zweifellos das letzte Stadium des Todeskampfes vorbereitete. Dr. Kircheisen, der im Treibhaus das feine Wunderwerk des Inders in der gleichen Stunde bewundert und zerstört hatte, empfand in diesem Augenblick zum erstenmal ein tieferes Interesse für den seltsamen Fremdling, dem er bis jetzt nur als Träger eines bemerkenswerten Krankheitsbildes Beachtung abgewonnen hatte ... Dort drinnen – dachte der Arzt – wird morgen ein großer Künstler und Gelehrter sterben, ein Mensch, dem Freund zu sein sich gelohnt hätte. Es wäre anregend und sehr nützlich für mich gewesen, wenn ich mich mit ihm nur eine halbe Stunde lang über Gartenkunst, über indische Tiere und Pflanzen hätte unterhalten können. Ich hätte sicher allerlei Neues und Wissenswertes gelernt. Wie er es beispielsweise nur angestellt haben mag, der Nepenthes destillatoria, der fleischfressenden Pflanze, die gewohnte Insektennahrung zu beschaffen! Schade um Ulam Singh! Schade um diesen sonderbaren Menschen, der sich mit einem Tuchlappen den Mund versperrte, weil er auch das kleinste der Geschöpfe Gottes nicht mit seinem Atemzug vernichten wollte. Welch eine tiefe Liebe zur Natur sprach aus der ihm zur Religion gewordenen Gewohnheit. Schade um diesen Mann. Freilich, der Tod wird ihm einen großen Kummer ersparen. Wie würde ihm zumute sein beim Anblick des zerstörten Tropengartens, seines Lebenswerkes, in dem Schaufel und Spaten so vandalisch gewütet haben.

Dr. Kircheisen war in die Halle getreten. Nein, hier war die Baronesse nicht. Die Springschnur lag noch immer auf einem der Rohrstühle, aber das junge Mädchen selbst war nicht zu sehen. Vielleicht auf der Terrasse? Oder im Garten? Kaum. Es regnete ja wieder. Wo mochte sie sein? War sie ausgegangen? Nun, dann blieb nichts übrig, als sich bis zum Abendessen in Geduld zu fassen und inzwischen die Tasche mit den Instrumenten wieder an ihren Platz zu bringen.

Vor der Türe seines Zimmers blieb der Arzt stehen und horchte. Was war das für ein Geräusch, das da aus dem Zimmer kam? Wahrscheinlich brachte der alte Philipp oder einer von den neuen Dienstboten das Zimmer in Ordnung und richtete das Bett für die Nacht zurecht. Dr. Kircheisen zögerte nicht lange und trat ein.

Seine erste Regung war, die Türe rasch wieder zu schließen und sich davonzuschleichen. Dr. Kircheisen wollte seinen Augen nicht trauen: Die Baronesse selbst war es, die mitten in seinem Zimmer stand. Aber sie hatte ihn schon gesehen, zweifellos, denn ihr Gesicht war der Türe zugewendet. Eine überstürzte Flucht hätte ihn lächerlich gemacht und die Peinlichkeit des Augenblicks nur noch erhöht. Darum: ruhig eintreten!

Die Baronesse schien nicht im geringsten verwirrt. Mit der Sicherheit der Dame von Welt, die auch in der schwierigsten

Situation niemals die Haltung verliert, nickte sie dem Arzt zu und lächelte, ein wenig absichtlich, wie es ihm schien, und beinahe trotzig.

»Sie sollen so hübsche Instrumente hier haben, Herr Doktor«, sagte sie leichthin. »So nette kleine Messerchen und Spritzen und Nadeln. Die hab' ich mir anschauen wollen.«

Sie erwartete jetzt offenbar eine Erwiderung, etwas Liebenswürdiges, Verbindliches. Aber ihm war die Kehle wie zugeschnürt. Er hatte kaum gehört, was sie gesagt hatte ... Wie unvorsichtig und doch! Wie kühn und tapfer von ihr, mich hier in meinem Zimmer aufzusuchen! ... dachte er ... In welche Gefahr hat sich das junge Mädchen um meinetwillen begeben. Wie, wenn sie hier überrascht würde! Von ihrem Vater oder von einem Dienstboten! Aber daran hat sie nicht gedacht. Sie wollte einfach zu mir, und, während ich sie überall gesucht hab', auf der Terrasse, in der Halle, ist sie hierher gekommen in mein Zimmer und hat hier auf mich gewartet, dieses zarte, süße, wunderbare Geschöpf, weiß Gott, wie lange sie schon gewartet hat! ...

»Baronesse!« flüsterte Dr. Kircheisen und beugte sich über ihre Hand.

»Sind sie darin?« fragte die Baronesse und zeigte auf die schwarze Ledertasche, die der Arzt unter dem Arm trug.

»Was denn?«

»Die Messer und die Nadeln. Bitte, zeigen Sie mir sie! Ich seh' so gerne scharfe, spitzige Messer.« Sie turnte mit leichtem Schwung auf die Tischplatte, setzte sich bequem zurecht und ordnete die Rockfalten.

»Ach, lassen Sie doch die langweiligen Instrumente, Baronesse!« sagte der Arzt. »Ich freue mich so, mit Ihnen einmal ungestört plaudern zu können. Freilich, wenn jetzt jemand kommt ...«

Sie schob die Lippe verachtungsvoll vor. »Das ist mir ganz egal.«

»Wirklich, Baronesse?« sagte Dr. Kircheisen und haschte freudig erregt über dieses Geständnis nach ihrer Hand. Jetzt war sie mit einem Male wieder in allen ihren Bewegungen, in dem lebhaften Spiel ihrer großen blauen Augen das anmutige und unbefangene Naturkind. Diese Plötzlichkeit der Wandlung! Dr. Kircheisen hatte noch das Wort ›Baronesse‹ auf den Lippen, und inzwischen war blitzschnell aus der Dame von Welt der Wildfang geworden.
»Sind Sie wirklich der Instrumente halber hierher gekommen, Gretl?« fragte der Arzt. Die Frage war wenig taktvoll, das sah er im gleichen Augenblick ein, und er konnte sich's selbst nicht erklären, wie er den Mut zu solchen Worten gefunden hatte. Aber nun war's einmal gesagt und nun wollte er aus ihrem eigenem Mund erfahren, ob ihn nur leere Hoffnungen und Träume genarrt hatten.
Die Baronesse errötete, gab jedoch keine Antwort.
»Wirklich nur der Instrumente halber? Ist das der einzige Grund gewesen, Gretl?« forschte er eindringlich.
Die Baronesse senkte den Kopf und schwieg. Dann hob sie ihn mit einem plötzlichen Ruck.
»Sie wissen's also?« fragte sie.
»Ich hab's sofort geahnt! Gleich als ich Sie in meinem Zimmer stehen sah«, rief Dr. Kircheisen glücklich.
Die Baronesse war ganz ernst geworden: »Schade. Es wär' so hübsch gewesen, wenn Sie die ganze Nacht wach geblieben wären und an mich gedacht hätten.«
»Das werde ich bestimmt tun, Gretl! Ich schwöre es Ihnen. Den ganzen Tag und die ganze Nacht. Wenn Sie wüßten, Gretl, was Liebe ist!«
»Gewiß weiß ich das«, sagte die Baronesse sehr sachlich und bestimmt. »Liebe ist, wenn der Ritter den Drachen erschlägt, der die Prinzessin bewacht, oder wenn er ein Meer durchschwimmt.«
»Wenn Sie doch nur einen Augenblick ernst bleiben wollten,

Gretl! Sie paßt ja wunderbar zu Ihnen, diese unaufhörliche Lust zu scherzen, aber die kostbare Zeit verrinnt, die wir für uns allein haben. Wenn Sie doch nur ein wenig Mitleid mit mir haben wollten.«

»Mitleid? Pfui!« sagte die Baronesse ganz kalt und frostig. »Das ist langweilig: Mitleid. Der Ritter Blaubart, das war ein wirklicher Mann, der hat seinen Frauen den Kopf abgeschlagen und dann immer wieder eine andere genommen. Wenn ich heirate, muß mein Mann einen großen, blauen Bart haben, sonst nehm' ich ihn nicht.«

Dr. Kircheisen betastete nachdenklich sein glattrasiertes Kinn und suchte die Baronesse zugunsten seiner Bartlosigkeit umzustimmen.

»Die Legende von dem blauen Bart des berühmten Frauenmörders«, sagte er, »ist wissenschaftlich kaum haltbar. Die Historiker behaupten, daß es sich hier überhaupt nur um ein volksethymologisches Mißverständnis handle. Ihr Ritter Blaubart hat wahrscheinlich in Wirklichkeit nie im Leben einen blauen Bart gehabt.«

»Aber der Schauspieler im Theater hat doch einen blauen Bart getragen!« meinte die Baronesse. »Aber freilich, nirgends wird soviel gelogen wie im Theater. Nicht die Hälfte ist wahr. Ich geh' darum auch am liebsten in den Zirkus zu den Tieren. Die sind doch wenigstens wirklich wild.«

»Da begegnen sich wieder einmal unsere Neigungen. Auch ich liebe Tierdressuren über alles.«

»Heuer war ich elfmal im Zirkus. Achtmal hab' ich zugeschaut, wie der Wärter seinen Kopf dem großen Löwen ins Maul gesteckt hat.«

»Achtmal! Guter Gott, war das nicht schließlich doch ein bißchen langweilig?«

»Nein. Gar nicht«, sagte die Baronesse leise, lehnte sich zurück und schloß die Augen. »Ich bin immer wieder hingegangen. Ich hab' gehofft, daß der Löwe doch endlich einmal

ganz wild werden und dem Wärter den Kopf abbeißen wird. Oh, das hätt' ich gern gesehn, das hätt' ich gern gesehn!«
»Ist das Ihr Ernst?« fragte der Arzt. Er ließ peinlich berührt ihre Hand fallen. Dieser Zug ins Grausame an dem schönen Geschöpf erschreckte ihn. Er blickte sie an. Sie sah älter aus in diesem Augenblick als zuvor.
Die leisen Falten des Verblühens um Mund und Augen waren niemals so deutlich zu erkennen gewesen wie jetzt. Ein Unbehagen beschlich ihn. Würde sie auch zu ihm passen? Kann ein Wesen mit solch bösen Neigungen den Mann, dem es angehört, wirklich lieben? Wird sie, deren Sinne nur noch nach den letzten Reizungen der Grausamkeit verlangten, nicht seiner bald überdrüssig werden und ihn dann kalt beiseite werfen? Nein, sie ist kein guter Mensch, die Baronesse! ...
Eine kleine Pause des Schweigens und der Befangenheit entstand. Es schien, als hätte die Baronesse seine Gedanken erraten.
»Jetzt muß ich gehen«, sagte sie und sprang von der Tischplatte herab. »Es ist schon spät.«
Dr. Kircheisens moralische Bedenken waren bei diesen Worten sofort in alle Winde verscheucht.
»Nein, ich lasse Sie nicht fort von hier, Gretl!«
»Wie wollen Sie mich halten?« fragte sie mit jenem trotzigen Vorschieben der Lippe, das der Arzt schon an ihr kannte. »Sie können's nicht.«
»Sie müssen mir versprechen, daß ich Sie noch heute abend wiedersehen darf. Ich habe Ihnen noch so viel zu sagen.«
»Noch heute abend?« wiederholte die Baronesse nachdenklich.
»Ja! Ich hab' Ihnen viel zu erzählen. Bestimmen Sie selbst den Ort und die Stunde! Oder, wenn Sie das mir überlassen wollen – sagen wir: Um zehn Uhr im Treibhaus. Dort sind wir sicher vor Störungen.«

»Um zehn Uhr?« Sie schüttelte den Kopf. »Nein, das geht doch nicht.«
»Aber warum denn nicht, Gretl?«
»Weil ich da schon schlafe.«
»Ich bitte um Verzeihung, ich bin mit den Gewohnheiten des Hauses noch nicht vertraut. Dann natürlich früher, wann es Ihnen angenehm ist. Etwa um sieben Uhr?«
»Gut«, sagte sie.
»Also um sieben Uhr im Treibhaus. Wir werden ganz allein sein.«
»Ganz allein! Wird das aber lustig!« lachte die Baronesse. »Jetzt muß ich aber gehn.«
Dr. Kircheisen nahm nochmals all seinen Mut zusammen.
»Einen Kuß noch, Gretl, bevor Sie gehen. Einen einzigen Kuß zum Abschied!«
Die Bitte war kaum ausgesprochen, als er sie auch schon bereute. Wie hatte er nur so kühn sein können! Am Ende hatte er jetzt mit seinem Ungestüm alles verdorben.
Doch nein! Die Baronesse war gar nicht beleidigt. Ja, sie schien seine Bitte beinahe erwartet zu haben. Der aufs glücklichste überraschte Arzt sah sie plötzlich viel größer werden. Offenbar hatte sie sich, weiß Gott, warum! auf die Fußspitzen gestellt. Dann sah er einen Augenblick lang ihre Lippen, zugespitzt, sonderbarerweise gerade nach seinem rechten Nasenflügel zielen. Und dann fühlte er ihn, den Kuß, um den er gebeten hatte, auf seiner Nase zwar, aber das tat seiner Glückseligkeit weiter keinen Eintrag.
Gleich darauf ließ ihn ein Geräusch zusammenfahren.
»Hören Sie nichts, Baronesse?« fragte er voll Besorgnis. Beide schwiegen und lauschten. Schritte kamen die Treppe hinauf.
»Wenn das Ihr Vater ist, Gretl, wenn es ihm nun einfällt, hier hereinzukommen! Wie unvorsichtig sind wir beide gewesen!«

Wahrhaftig: Es kam jemand den Gang herauf. Dr. Kircheisen blickte sich verzweifelt im Zimmer um. Sein Blick fiel auf einen grünen Damastvorhang, der die Zimmerecke verdeckte. Mit einem Sprung stand er dort und hatte den Vorhang beiseite gerissen. Kleider hingen dort, ein Rucksack und ein Mantel. Ein Bergstock lehnte neben einem Eispickel an der Wand und zwei zu Bündeln gerollte Seile, ein langes und ein kürzeres, lagen am Boden.

»Hierher, Baronesse!« rief Dr. Kircheisen leise. »Kommen Sie hierher. Rasch. Und rühren Sie sich nicht!«

Er zog sie hinter den Vorhang.

»Sie wollen mich verstecken?« rief sie und ließ ein leises Gekicher hören. »Gott, ist das ein Spaß!«

Er zog den Vorhang vor. »Um aller Heiligen willen, still!« bat er.

Da klopfte es auch schon an der Tür.

Er hatte gerade noch Zeit, ans Fenster zu eilen und dort eine möglichst ungezwungene Haltung einzunehmen. Dann rief er: »Herein.«

Es war wirklich der Baron selbst, der in das Zimmer trat.

... Allen Göttern Dank! ... hauchte Dr. Kircheisen und hielt sich am Fensterbrett fest, um nicht umzusinken. ... Wenn ich seinen Schritt überhört hätte! Die Baronesse ..., wenn sie sich jetzt nur ruhig, mäuschenstill verhalten wollte! Eine schwere Zumutung für solch ein unbändiges Temperament. Hoffentlich dehnt der Baron seinen Besuch nicht allzu lange aus.

»Ich muß Sie um Entschuldigung bitten, Doktor«, begann der Baron, »daß ich in Ihr Zimmer dringe. Aber ich konnte mir nicht anders helfen, die Sache läßt mir keine Ruhe.«

»Welche Sache, Herr Baron?« fragte Dr. Kircheisen und sandte zugleich einen besorgten Blick nach dem Vorhang, dessen Falten sich, wie ihm schien, verdächtig bewegten.

»Ich komme aus dem Krankenzimmer. Doktor, er atmet

kaum mehr! Sein Herz setzt zeitweilig ganz aus, Doktor! Wenn er nun plötzlich auslöscht, ohne daß wir's merken –«
»Das ist wenig wahrscheinlich, Herr Baron.«
»Aber ich darf es gar nicht darauf ankommen lassen. Auch die leiseste Möglichkeit eines solchen Endes beunruhigt mich namenlos!«
Dr. Kircheisen machte eine ungeduldige Bewegung. Diese Unterredung schien sich nun wirklich in die Länge ziehen zu wollen. Was wollte der Baron? Zielte er am Ende wieder nach dem Karasin-Serum? Wenn man ihn doch nur aus dem Zimmer hinausbringen könnte! Dort hinter dem Vorhang wird's sehr unruhig. Am besten, ich schau' gar nicht mehr hin, sonst fällt dem Baron meine Verlegenheit auf. Was für einen merkwürdigen Anzug er jetzt wieder trägt! Er paßt ihm gar nicht, er schlottert förmlich an ihm. Es scheint, daß der Baron Vogh prinzipiell nur Kleider trägt, die für einen andern, einen viel stärkeren Menschen gearbeitet sind ...
»Doktor! Um es kurz zu sagen, Sie müssen das Mittel anwenden. Heute noch! Gleich! Das Karasin-Serum!«
... Natürlich! Darauf ging's wieder hinaus ... »Herr Baron«, sagte der Arzt ernst. »Wenn ich gewissenlos genug wäre, dieses Gift ..., ja, ich wiederhole es: dieses Gift!, denn etwas anderes ist das Karasin-Serum nicht. Wenn ich gewissenlos genug wäre, dieses Gift anzuwenden, dann würde gerade das, was Sie befürchten, mit Sicherheit eintreten: In einer Stunde wäre Ulam Singh tot.«
»Ja!« sagte der Baron ruhig. »Aber vorher würde er auf eine halbe Stunde aus seiner Agonie erwachen.«
»Herr Baron, Sie bemühen sich vergeblich. Ich kann und darf dieses ungesetzliche Mittel nicht anwenden.«
»Und wenn ich Ihnen nun sage, Doktor, daß –«
Der Baron hielt inne. Seine Augen bekamen plötzlich einen verwunderten Ausdruck. Ein leises Geräusch, das aus dem Hintergrund des Zimmers kam, ließ den Arzt Fürchterliches

ahnen. Er wagte es nicht, sich umzudrehen, sondern starrte gespannt in das Gesicht des Barons und erwartete einen wilden Zornesausbruch. Die Katastrophe ... jetzt war sie da! Aber nein, nichts dergleichen geschah. Nur ein unbefangenes, heiteres Mädchenlachen ertönte und dann die Stimme der Baronesse: »Ich hab's nicht mehr ausgehalten dort in dem häßlichen Winkel. Da bin ich, Papa!«
Der Baron sprach noch immer kein Wort. Dr. Kircheisen fühlte, wie eiserne Finger ihm die Kehle zuschnürten. Was mußte jetzt in der Brust des Vaters vorgehen! ... Jetzt ist's meine Pflicht, dem Baron irgendeine Erklärung zu geben und die Schuld auf mich zu nehmen. Vielleicht ist es ganz gut, daß es so gekommen ist. Gleich von Anfang an die Wahrheit, das ist besser als ein endloses Versteckenspielen. Es ist am klügsten, ich sage ihm, was geschehen ist und was meine Absichten sind.
»Herr Baron!« begann der Arzt, und seine Stimme zitterte vor Erregung. »Ich muß Ihnen ein Geständnis machen. Sie sind erstaunt, Ihre Tochter hier anzutreffen. Ich bitte Sie, mir zu glauben, daß die Baronesse frei von jeder Schuld ist. Ich bin es, der sie veranlaßt hat, mir hier eine Unterredung zu gewähren. Herr Baron, seit dem Augenblick, in dem ich Ihre Tochter zum erstenmal gesehen habe, stand es für mich fest, ...«
»Aber lieber Doktor!« unterbrach ihn der Baron mit einem müden unverdrossenen Ton in seiner Stimme. »Lassen wir doch meine Tochter aus dem Spiel. Wir haben wahrhaftig wichtigere Dinge zu besprechen.« Dann wandte er sich der Baronesse zu: »Schau, daß du hinauskommst! Mußt du überall dabeisein?« rief er böse. »Wirklich unglaublich. Mach lieber deine französische Arbeit zu Ende und geh schlafen.«
Die Baronesse warf dem Arzt einen Blick zu und huschte dann aus dem Zimmer.
Dr. Kircheisen stand starr. Nein, diesen Ausgang hatte er

nicht erwartet. Um des Himmels willen ... dachte er ... wie muß es in den aristokratischen Häusern zugehn. Welche Moral herrscht hier! Der Vater findet seine Tochter im Zimmer eines fremden Herrn und sagt nichts, rein nichts! Kaum ein einziges Wort des Zornes oder des Vorwurfs! Ist nicht im geringsten empört über sein eigenes Fleisch und Blut. Du lieber Gott – – das verstehe, wer kann! Solche Zustände! Solche Zustände! ...
»Ich frage noch einmal, zum allerletzten Male frage ich Sie, ob Sie das Mittel anwenden wollen, Doktor«, ertönte die Stimme des Barons. Im Zimmer war es mittlerweile ziemlich dunkel geworden. Aber die Stimme, die der Arzt vernahm, klang jetzt, wie ihm schien, ganz anders als früher. Nicht mehr bittend, nein: fordernd, beinahe herrisch. Aber Dr. Kircheisen ließ sich nicht einschüchtern.
»Nein!« sagte er nach kurzer Überlegung. »Ich kann meinen Standpunkt nicht ändern. Sie dürfen nicht weiter in mich dringen. Denn es ist ein Verbrechen, zu dem Sie mich bestimmen wollen, Herr Baron.«
Wortlos verließ der Baron das Zimmer.
Dr. Kircheisen blieb allein zurück. Er drückte auf den Lichtkontakt und ließ den Luster aufflammen. Dann blickte er auf die Uhr. Zehn Minuten fehlten auf sieben. Nun rasch in den Garten! Die Baronesse durfte er nicht warten lassen ... Wenn sie nur kommt! Am Ende hält sie der Baron zurück. Vielleicht wird sie's erst jetzt zu büßen haben, daß er sie hier bei mir im Zimmer angetroffen hat ...
Dr. Kircheisen blickte sich um, ehe er aus der Türe trat. Alle Dinge hier im Zimmer waren ihm mit einemmal lieb und vertraut geworden. Dort der Tisch, auf dem sie gesessen war. Der Vorhang, hinter den er sie versteckt hatte. Dort – – Was war das? Die Decke, die über das Bett gebreitet lag, war verschoben und arg zerknüllt! Hier hatte jemand alles durcheinander geworfen und dann rasch wieder Ordnung schaffen

wollen. Sollte am Ende sie ... durchfuhr es ihn ... Mein Kommen hat sie gestört! Sie hat am Ende eine Überraschung vorbereitet. Vielleicht hat sie mir Ihr Bild gebracht! Auf jeden Fall ist hier etwas versteckt worden! Wie hatte sie nur gesagt? »Es wär' so hübsch gewesen, wenn Sie die ganze Nacht wach geblieben wären und an mich gedacht hätten!« Natürlich! Ihr Bild hat sie mir gebracht, ganz bestimmt! Solch eine liebe, reizende Überraschung!
Dr. Kircheisen fuhr mit der Hand unter die Bettdecke und tastete zwischen den Polstern. Er fühlte einen harten Gegenstand und zog ihn hervor. Ernst und nachdenklich betrachtete er dann das Ding, das er in der Hand hielt.
Es war eine Bürste.

Der letzte Gast aus Ceylon

Dr. Kircheisen verließ leise und vorsichtig das Haus. Der Park lag in abendlicher Dunkelheit, und über den Baumwipfeln schimmerte ein grauvioletter Himmel. Einen Augenblick lang blieb der Arzt stehen und blickte sich um. Niemand in der Nähe. Finsternis ringsumher, nur die erleuchteten Fenster des Krankenzimmers warfen große, gelbe Lichtstreifen auf den Kies. Aus der Ferne ertönte das Klingeln der elektrischen Straßenbahn.

Im Treibhaus war die Baronesse noch nicht. Dr. Kircheisen machte vor allem Licht; ein kümmerliches Licht allerdings nur, denn die kleine, grüne Glühlampe, die an der Decke hing, war zu schwach für den großen Raum. Dann ließ er sich auf einen zerbrochenen, grünen Gartenstuhl nieder und wartete.

Es dauerte eine Viertelstunde etwa, eh ihn ein leises Zirpen, in dem er das Geräusch der Türangel erkannte, aufschauen ließ. Endlich! Da war die Baronesse! Sie sah reizend aus! Ganz außer Atem war sie, und das Tuch, das sie um die Schultern geworfen hatte, wehte hinter ihr her.

»Gretl! Wie soll ich Ihnen dafür danken, daß Sie gekommen sind!«

Er erinnerte sich plötzlich an die Bürste in seinem Bett und faßte die Baronesse bei beiden Handgelenken. »Sie Spitzbub, sie kleiner!«

Der »Spitzbub« schien ihr unendlich viel Spaß zu machen. »Haben Sie sie schon gefunden? Wie lustig! Ich hab's der Mama vor ein paar Tagen genauso gemacht. Ich glaub', sie ist noch heute bös darüber. Sind Sie auch bös?«

»Sehr! Aber wenn ich einen Kuß bekomme, bin ich wieder gut!«

Die Baronesse war keine Freundin von Zierereien. Nur, wie komisch: Sie stellte sich auf die Fußspitzen, wenn sie küßte! Weshalb nur? Was war das für eine eigenartige Gewohnheit? Dem Arzt blieb nicht viel Zeit, darüber nachzudenken. Der Kuß, den er verlangt hatte, landete irgendwo in der Umgebung seines rechten Auges und warf ihm beinahe den Zwicker von der Nase.

Dr. Kircheisen rückte vor allem das Augenglas wieder an seinen Platz. Dann faßte er die Baronesse an den Handgelenken. Der Augenblick der Entscheidung schien ihm gekommen zu sein.

»Gretl?« flüsterte er. »Wollen Sie ... willst du meine Frau werden?«

»Heiraten?« fragte die Baronesse nachdenklich. »Wann?«

»Bald. In ein paar Wochen, wenn es geht.«

»Nein«, sagte die Baronesse sehr ruhig und bestimmt. Aber gleich darauf schien sie sich's anders überlegt zu haben. »Oder ja«, sagte sie. »Gut.«

Dr. Kircheisen holte tief Atem. Er zitterte vor Erregung am ganzen Körper. Wie rasch das gekommen war ... Heute morgens hatte er die Baronesse noch nicht gekannt – jetzt vermochte er sich gar nicht mehr vorzustellen, wie er ohne sie leben könnte. Heute beim Frühstück, als sie ihm kaum die Hand reichte, wie hätte er da in seinen kühnsten Träumen an das Glück zu denken gewagt, das er jetzt als sicheren Besitz in Händen hielt.

Die Baronesse machte sich aus seinen Armen los und blickte sich um.

»Die vielen, schönen Blumen sind jetzt alle fort!« sagte sie leise.

»Ja, die sind fort!« sagte Dr. Kircheisen und senkte schuldbewußt den Kopf. »Tot und verwelkt.«

Eine Weile schwiegen sie beide, dann begann der Arzt seine Pläne zu entwickeln.
»Ich werde meine Praxis wieder aufnehmen. Dann habe ich mit den Zinsen meines Vermögens so viel und mehr, als wir beide zu einem behaglichen Leben brauchen. Ich habe meine große Junggesellenwohnung am Kohlmarkt, fünf Zimmer mit Balkon und Küche und allem andern, die könnten wir fürs erste behalten. Zweiter Stock, mit Lift natürlich.«
»Die Küche auch im zweiten Stock?«
»Natürlich.«
»Das geht nicht«, erklärte die Baronesse. »Die Puzzi Schönborn, Mamas Freundin, die vorige Woche geheiratet hat, die hat die Küche im Parterre und die übrige Wohnung im ersten Stock. Das Essen wird unten zugerichtet und, wenn es fertig ist, im Aufzug heraufgeschickt. So will ich's auch haben.«
»Ich versteh' von solchen Dingen nicht viel, ich will mich gern nach deinen Ratschlägen richten, Kind. Ich werde noch heute mit meinem Hausherrn sprechen und ihm sagen, daß ich auf die Wohnung im ersten Stock reflektiere«, sagte Dr. Kircheisen und überlegte sorgenvoll, wie er die alte Bettina bestimmen könnte, gutwillig das Feld ihrer Tätigkeit ein Stockwerk tiefer zu verlegen. »Und was machen wir aus der leeren Küche?« fragte er dann.
»Eine Dunkelkammer.«
»Natürlich! Du hast viel Sinn für das Praktische«, sagte Dr. Kircheisen voll ehrlicher Bewunderung. »Mir geht er leider fast völlig ab. Du photographierst?«
»Nein.«
»Ich auch nicht.«
»Das macht nichts. Eine Dunkelkammer müssen wir haben. Papa hat auch eine, mit grünen und roten Lampen. Aber er läßt mich nicht hinein. Damit ich ihm nicht alles ruiniere und

zerbreche, sagt er.« Sie dachte eine Weile nach. »Und das Telephon muß neben meinem Bett sein.«
»Im Schlafzimmer? Ist das jetzt modern so?«
»Natürlich. Früh, wenn ich aufwach', frag' ich dann gleich in der Küche an, was es zu Mittag gibt. Dann ruf' ich Papa an: ›Hier Spatz! Es ist halb zehn und ich lieg' noch immer im Bett!‹ Wird das lustig! Ich glaub', Papa wird's nicht erlauben.«
»Was?«
»Daß wir heiraten.«
Dr. Kircheisen schwieg. Nach den Erfahrungen, die ihm in dieser Hinsicht zur Verfügung standen, mußte er zugeben, daß die Baronesse mit ihrer Skepsis weitblickender war als er.
»Tut nichts«, sagte das junge Mädchen nach einer Weile Nachdenkens. »Dann bleiben wir eben verlobt. Wir müssen jetzt unsere Anfangsbuchstaben irgendwo einschneiden und ein Herz ringsherum. So hat's meine frühere Französin auch gemacht, wie sie sich mit ihrem Postbeamten verlobt hat. Da hier, in diesen Baum da. Da ist Platz genug.«
Dr. Kircheisen fand diesen Vorschlag reizend. Mit seinem Taschenmesser schnitt er in kräftigen Zügen seine und der Baronesse Initialen in den Stamm des Mangobaumes und zog ein kunstvoll geschnörkeltes Herz herum.
Die Baronesse war mit seiner Leistung durchaus zufrieden.
»So. Jetzt sind wir richtig verlobt«, sagte sie. »Adieu. Es ist schon spät. Ich hab' so Angst. Ich muß gehen.«
Sie legte mit einer reizenden Geste der Besorgnis die Hand an ihre Wange und war im nächsten Augenblick zur Tür hinaus.
Dr. Kircheisen blickte ihr ein Weilchen nach. Dann zog er sein Notizbuch hervor und notierte: Morgen mit dem Hausherrn sprechen, wegen der Küche im ersten Stock. Bei der Telephonzentrale um einen neuen Gesellschaftstelephon-Anschluß ansuchen. – – Er steckte sein Notizbuch ein. ... Es

wird gut sein, wenn ich das Gesuch gleich morgen ausfertige, denn es dauert ja doch mindestens ein halbes Jahr, eh man in Wien einen neuen Telephonanschluß bekommt.
Dr. Kircheisen horchte auf. Wenn ihn sein Ohr nicht täuschte, so waren das Schritte, die sich näherten. Wahrhaftig, zwei Gestalten kamen durch den Garten auf das Treibhaus zu. Der Baron war es und der alte Philipp. Was wollen die hier um diese Abendstunde im Treibhaus? Hat der alte Herr Verdacht geschöpft? Wollten die beiden ihn und die Baronesse hier überraschen? ...
Dr. Kircheisen blickte sich eilig nach einem Versteck um. Er mußte verschwinden ... wie sollte er dem Baron seine Anwesenheit erklären? Dort hinter dem Gartentisch, auf dem die vielen Topfblumen standen ... dort würde ihn sicher niemand bemerken.
»Du kannst ruhig hereinkommen«, hörte er die Stimme des Barons. »Hier ist keine Schlange mehr. Ich hab' sie alle erschlagen.«
Baron Vogh kam langsam und mit gesenktem Kopf auf den Mangobaum zu. Der alte Diener ging ein paar Schritte hinter seinem Herrn, und auch er hielt den Kopf bekümmert zur Erde gesenkt.
Jetzt legte der Baron die Hände an den Stamm des indischen Baumes und fuhr beinahe zärtlich streichelnd über die rissige Rinde.
Dr. Kircheisen wagte in seinem Versteck kaum zu atmen. Sorgenvoll beobachtete er das sonderbare Tun des Barons. Wie, wenn die beiden das Herz in der Rinde entdeckten mit seinen und der Baronesse Anfangsbuchstaben darin!
»Philipp, sieh: Er trägt schon Früchte.« Die Hand des Barons tastete im Blätterwerk. Ein Ast, den er ergriffen hatte, bog sich nieder und schnellte zurück. Der alte Philipp kam näher, nahm eine Frucht aus der Hand des Barons, besah sie lange und biß hinein.

»Wie merkwürdig das schmeckt«, sagte er. »Beinahe wie Aprikosen und auch wieder wie saure Gurken.«

»Wie lange wird's dauern«, sagte der Baron, und seine Stimme klang müde und traurig, »so werden die Früchte vertrocknet sein oder abgefallen auf der Erde faulen. Und die Blätter werden verwelken, und der Stamm wird morsch werden und wie Zunder auseinanderfallen.«

»Jetzt kann der Herr Baron bedauern«, flüsterte Philipp heiser vor Erregung. »Jetzt sind Herr Baron verzweifelt, jetzt, wo es zu spät ist.«

»Vielleicht ist's nicht zu spät. Freilich, der Doktor verweigert mir sein Serum. Gott verzeih' ihm's, er weiß nicht, welche Schuld er auf sein Gewissen nimmt.«

»Vielleicht, wenn der Herr Baron ihm alles sagen würde, was geschehen ist. Vielleicht dann –«

»Dann würde er mir auch nicht glauben. Ins Gesicht lachen würde er mir. Aber vielleicht kommt Ulam Singh nochmals zu sich! Einmal ist er schon wach gewesen, vollkommen bei Besinnung war er und hat sogleich nach Hanf verlangt und ein Tuch zu verschlingen versucht. So haben seine Experimente immer begonnen. Wenn er nur nochmals erwachen wollte.«

»Ich hab' den Herrn Baron immer gewarnt. Himmelhoch hab' ich gebeten. Lassen sich der Herr Baron nicht ein mit diesem Fremden, der doch ganz sicher kein Christ ist, wenigstens kein katholischer. Aber auf mich alten Mann hat man ja nicht gehört!«

»Was nützt es, Philipp, wenn du mich jetzt an all das erinnerst. Ja, ich war leichtsinnig.«

»Übermütig ... der Herr Baron verzeihen schon.«

»Ja, Übermut war es, Tollheit, Selbstmord! Philipp, es hat schon manch einer sein Leben vergeudet. Mit Spielen, mit Trinken oder mit Weibern. Aber so sinnlos frivol wie ich hat noch niemals ein Mensch sein Leben weggeworfen. Und nicht allein das meine! An mir liegt nichts.«

»Das dürfen der Herr Baron nicht sagen.«
»An mir liegt gar nichts! Aber eine Unschuldige hab' ich mit ins Verderben gerissen. Mein armes Kind …«
Der Baron verstummte mit einem Male. Irgend etwas zog seine Aufmerksamkeit auf sich. Wortlos, aber voll Erregung starrte er auf den Mangobaum.
… Hat er jetzt die Buchstaben in der Rinde entdeckt? … durchfuhr es den Arzt … Wird er weiter sprechen? Wird er jetzt endlich den Schleier lüften? Dr. Kircheisen lauschte angestrengt. Alles Blut drängte ihm zum Kopf. Diese wilden Anklagen, von denen er nur Bruchstücke verstanden hatte, diese furchtbare Beichte, deren Sinn so dunkel war, wie alles, was er in diesem Hause gehört und gesehen hatte! Und was, um Gottes willen, hatte seine Braut mit all dem zu tun?
»Eine Unschuldige mit ins Verderben gerissen! Mein armes Kind!« Um des Himmels willen, welche Gefahr drohte der Baronesse? …
Ein Geräusch unterbrach die Stille, ein feines Geräusch von unbestimmter Art. Dann stieß der alte Philipp einen erschreckten Ruf aus: »Da … da ist er!«
»Wo?« rief der Baron.
»Hier … sehen Sie nur! Auf dem Zweig gerade vor Ihnen. Wie groß er ist und wie merkwürdig er aussieht!«
»Verwünschte Bestie!« schrie der Baron, und seine Stimme schlug schrill in den Diskant hinauf. »Wie kommst du wieder her? Ist die Brut noch immer nicht vertilgt? Verdammtes Ungeziefer! Stirb! So … so … so!«
Das Geräusch eines stampfenden Fußes ertönte. Den Baron selbst konnte der Arzt von seinem Verstecke aus jetzt nicht sehen, aber der Schatten an der Wand huschte und zuckte in wilden Verrenkungen auf und ab. Jetzt schien der Baron völlig erschöpft sich gegen die Brust des alten Philipp zu lehnen. Es war ganz still, nur die schweren, keuchenden Atemzüge des Barons waren hörbar.

»Er war sehr schön. So einen hab' ich noch nie gesehn«, sagte der alte Diener. »Der Herr Baron hätten sich nicht so aufregen sollen. Es war kein Grund.«

»Komm, Philipp, wir wollen gehen«, sagte der Baron leise.

Dr. Kircheisen hörte die schlürfenden Schritte der beiden alten Männer sich entfernen. Dann ertönte das Zirpen der Türangel. – Er war allein. Nun kam er aus seinem Versteck hervor und suchte den Boden ab, dort, wo ihn der Fuß des Barons zerstampft hatte.

Da lag ein großer Schmetterling. Tot und zertreten. Die Flügel, am Rande ausgefranst, bebten noch leise. Sie waren tief schwarz gefärbt, die Vorderflügel trugen einen weißen Querbalken ... Das ist ja, ... durchfuhr es ihn ... sollte das ein Papilio Hector sein? Die Größe stimmt ungefähr: Er ist fast handtellergroß. Die weißen Querbalken und hier auf den Hinterflügeln die Reihe blutroter Flecken ... freilich! Es ist der Papilio Hector, der schöne tropische Schmetterling mit den melancholischen Farben.

Wie merkwürdig: Alle diese Tiere, die furchtbare Tik Paluga, die lästigen Landblutegel und jetzt der schöne Papilio Hector: Sie alle stammen aus Ceylon! Was hat das zu bedeuten? Ist das nur Zufall, daß alle diese tropischen Tiere, die hier so rätselhaft auftauchen, dieselbe Heimat haben? Und dieser sinnlose Zorn, der den Baron beim Anblick des fremden, schönen Falters erfaßt hatte. Wie er ihn zerstampft hatte! Mit dem gleichen Haß, mit dem er die schönen blühenden Lianen vernichtet hatte. Jetzt entsann sich Dr. Kircheisen plötzlich jenes erschreckten Ausrufes des Barons, der ihm heute morgens so lächerlich sinnlos vorgekommen war und dessen Ursache er jetzt mit einem Male begriff. »Um Gottes willen!« hatte der Baron geschrien. »Gibt es auch Tsetsefliegen in Ceylon?«

Kein Zweifel. Ausschließlich Tiere der Ceylonfauna waren

es, die den Baron in seinem Treibhause ängstigten und verfolgten. Was hatte das zu bedeuten?
Dr. Kircheisen fand keine Antwort auf diese Frage.
Er verließ das Treibhaus, aber die seltsamen Reden, die der Baron geführt hatte, ließen ihn nicht zur Ruhe kommen. »Er will mir das Serum nicht geben, Gott verzeih ihm's, er weiß nicht, welche Schuld er auf sein Gewissen nimmt«, hatte der alte Mann gesagt. Und dann, die furchtbare Gefahr, die der Baronesse zu drohen schien. »Eine Unschuldige ins Verderben gerissen! Mein armes Kind!«
Nein! Dr. Kircheisen hatte seinen Entschluß gefaßt. Er wollte keine Schuld auf sein Gewissen laden. Er durfte dem Baron das Karasin-Serum nicht länger verweigern. Vielleicht ... ein Gedanke durchfuhr ihn ... am Ende, es ist ihm so viel an dem Serum gelegen: Vielleicht könnt' ich seine Zustimmung zu unserer Eheschließung dafür erhalten! Es ist ohne Zweifel eine Ungesetzlichkeit, wenn ich das Serum verwende! Aber Ulam Singh ist nicht zu retten und überdies: Die Baronesse schwebt in irgendeiner, mir unbekannten Gefahr ... das allein schon rechtfertigt, was ich tue.
Tief in Gedanken versunken ging Dr. Kircheisen durch den Garten und auf sein Zimmer.

Spuk in der Nacht

Wer aber war die fremde Frau gewesen, die der Baronesse in Ulam Singhs Krankenzimmer diesen plötzlichen Schreck eingejagt hatte? Eine Fiebervision? Eine Halluzination der erregten Sinne? Ein Trugbild, das die überreizten Nerven den Augen der Baronesse vorgegaukelt hatten? Undenkbar! Es mußte ein Wesen von Fleisch und Blut gewesen sein. Denn der Baron hatte es so ernsthaft und mit solchem Nachdruck, als ob er mehr, als er sagen wollte, über den rätselhaften Vorgang wüßte, dem Arzt bestätigt: »Gretl hat wirklich eine fremde Frau im Zimmer gesehen. Ja! Eine fremde Frau war es, die Gretl so erschreckt hatte.«
Wer in aller Welt war das geheimnisvolle Wesen, das der Baronesse in dem halbdunklen Zimmer erschienen war? Woher war es gekommen und wohin so rasch wieder verschwunden? Sollte es etwa geheime Tapetentüren im Zimmer geben? Zu den vielen Rätseln des Hauses war ein neues, quälendes hinzugekommen, eins, das den Arzt die ganze übrige Nacht hindurch um seinen Schlaf und seine Ruhe brachte.
So hatte sich die Sache abgespielt: Gegen halb zwölf Uhr nachts hatte der Arzt das Buch, in dem er geblättert hatte, beiseite gelegt. Bevor er zu Bette ging, war es seine Pflicht, nochmals nach seinem Patienten zu sehen. Dr. Kircheisen steckte die Injektionsspritze und das kleine Fieberthermometer zu sich und verließ sein Zimmer.
Auf dem Gang blieb er stehen. Ein matter Lichtschein kam aus dem Krankenzimmer, das flackernde Licht einer Kerze mochte es sein. Und jetzt hörte er auch Geräusche, Stim-

men ... was wollte der Baron zu so später Stunde noch bei Ulam Singh? ...
Dr. Kircheisen trat näher. Die Türe stand halb offen.
»Es hilft nichts, gnädiger Herr! Wir müssen ihn wieder ins Bett zurücktragen.« Es war des alten Philipp Stimme, die der Arzt vernommen hatte.
»Nur noch eine Minute, Philipp«, erklang jetzt die Stimme des Barons. »Nur noch eine Minute wollen wir warten. Er wird bestimmt wieder zu sich kommen. Ulam Singh! Hörst du mich?«
Eine Weile blieb alles still. Ein merkwürdiger Geruch strömte durch die halboffene Tür des Krankenzimmers und erfüllte den Gang, ein Geruch, der dem Arzte fremd und völlig unbekannt war. Tabak? Was für eine infernalische Sorte raucht der Baron schon wieder? Der Arzt sog die Luft durch die Nase ein. Nein, das war kein Tabak. Nur eine leise Ähnlichkeit erinnerte an ihn, eine ganz weite Verwandtschaft, so entfernt dem Geruch der Tabakblätter, wie der Duft einer Tasse heißen Tees dem Aroma einer Schale Mokka. –
»Tot ist er nicht«, stellte jetzt drinnen die Stimme des alten Dieners fest.
»Bisher ist alles so gut gegangen«, klagte der Baron. »Er muß wieder aufwachen. Hab' doch Geduld. Er muß aufwachen.«
»Ich bin müde. Ich möchte schlafen gehen!« ertönte plötzlich die Stimme der Baronesse.
Die Baronesse war auch hier? Dr. Kircheisen stieß sogleich die Türe auf.
In dem schwach erleuchteten Zimmer bot sich ihm ein merkwürdiger Anblick.
Ulam Singh saß auf dem Boden in der Mitte des Raumes. Er war bewußtlos, das stellte der Arzt auf den ersten Blick fest. Seine Augen waren geschlossen, sein Kopf auf die rechte Schulter gesunken. Ungewöhnlich und beinahe grotesk war

die Art, wie er saß: Der dunkle, ausgemergelte Körper des Inders war zu einer unnatürlichen, beinahe unglaubhaften Haltung verrenkt. Der rechte Fuß lag auf dem linken Oberschenkel und der linke auf dem rechten Oberschenkel, ganz oben, beinahe an die Hüften gepreßt, und die linke Hand hielt die rechte Fußspitze gepackt, während die rechte schlaff am Körper hinabhing. Der Baron stand über den Inder gebeugt und starrte ihm mit einem Ausdruck der Angst und der Erwartung ins Gesicht. Der alte Philipp kniete hinter Ulam Singh auf dem Boden und rieb Stirne und Schläfen des Inders mit einem nassen Tuch.

Ein Häufchen glühender Asche lag vor Ulam Singh auf der Erde, das sandte dünne, bläuliche Rauchwolken in die Höhe; sie waren es, die den ganzen Raum mit jenem fremdartigen Duft erfüllten, den der Arzt schon draußen am Gang gespürt hatte.

Auf dem Tisch standen zwei brennende Kerzen. Die Baronesse saß mit geschlossenen Augen in einem Lehnstuhl.

»Was geht hier vor?« fragte der Arzt. »Was ist mit Ulam Singh geschehen, Herr Baron?«

Keiner von den dreien hatte den Arzt bemerkt. Jetzt fuhr der Baron erschrocken in die Höhe. Er war verwirrt und verlegen und bot in seinen ewig schlotternden Kleidern einen kläglichen Anblick.

»Ulam Singh hat gerufen«, stammelte er. »Er ist aufgewacht und hat sein Bett verlassen. Haben Sie nichts gehört, Doktor?«

»Nein«, sagte der Arzt. »Und ich achte auf den leisesten Laut, der aus dem Krankenzimmer kommt. Es ist merkwürdig, daß Sie sein Rufen gehört haben. Mein Zimmer ist viel näher gelegen als das Ihre.«

»Jetzt können wir wohl nichts weiter tun als ihn wieder zu Bett bringen«, sagte der Baron rasch. »Hilf mir, Philipp.«

»Was bedeutet das hier?« fragte Dr. Kircheisen, während die

beiden den Inder in sein Bett hoben, und wies auf das Häufchen glühender Asche.
»Hanf«, sagte der Baron. »Es ist Hanf. Ulam Singh liebt diesen Geruch. Bleiben Sie jetzt bei dem Kranken? Oder haben Sie etwas dagegen, wenn ich die Nacht über bei ihm wache?«
»Herr Baron!« sagte der Arzt nach kurzem Überlegen. »Ich werde jetzt vor allem dem Patienten seine Injektion geben. Wenn das getan ist, möchte ich gerne unter vier Augen mit Ihnen sprechen. Wollen Sie mich in meinem Zimmer erwarten?«
»Sehr gerne, Doktor! Komm Spatz, bist schon schläfrig, mein Kind, nicht wahr?«
Der Baron und der alte Diener verließen das Zimmer. Die Baronesse erhob sich schlaftrunken aus ihrem Lehnstuhl, nahm die Kerze und wollte ihrem Vater folgen. Aber der Arzt ergriff ihre Hand und hielt sie fest.
»Gretl«, flüsterte er. »Jetzt werd' ich mit deinem Vater sprechen.«
»Bin müde«, klagte die Baronesse im Halbschlaf.
»Ich weiß es bestimmt: diesmal wird er nicht ›Nein‹ sagen.«
»Möcht' schlafen«, flüsterte die Baronesse.
»Seh' ich dich morgen beim Frühstück?«
Die Baronesse blickte müde auf und sah den Arzt mit verschlafenen Augen an. Im nächsten Augenblick stieß sie einen entsetzten Schrei aus und ließ die Kerze fallen.
Es war stockdunkel im Zimmer.
»Gretl, was ist dir denn?« fragte der Arzt erschrocken.
»Die Frau!« rief die Baronesse und klammerte sich mit beiden Händen an Dr. Kircheisens Arm. »Die fremde Frau!«
»Wo denn, Gretl?«
»Hier im Zimmer!«
»Aber hier ist doch kein Mensch außer dem Gärtner und uns beiden, Gretl.«
»Ich fürcht' mich. Ich will hinaus.«

Dr. Kircheisen führte die Baronesse aus dem Zimmer. Auf dem Gang machte er Licht. Irgend etwas mußte sie heftig erschreckt haben, denn sie war leichenblaß im Gesicht und zitterte am ganzen Körper. Dr. Kircheisen ergriff ihre Hand und zählte die Pulsschläge.

Da kam auch schon der Baron eilig den Gang heraufgestürzt und der alte Philipp hinter ihm.

»Gretl, wo bleibst du?« rief der Baron. »Was ist geschehn? Warum hast du geschrien?«

Dr. Kircheisen zuckte die Achseln: »Ihre Nerven haben ihr einen Streich gespielt. Sie behauptet«, ... der Arzt lächelte ..., »eine fremde Frau im Zimmer gesehen zu haben.«

»Eine fremde Frau hast du gesehen, Gretl?« fragte der Baron.

»Ja. Mitten im Zimmer. Sie hat eine Kerze in der Hand gehabt und mich so starr angesehen. Ich hab' Angst, Papa.«

Der Baron und der alte Diener warfen sich einen stummen Blick zu. »Geh schlafen, mein Liebling!« sagte der Vater. »Hab keine Angst. Sie wird nicht mehr kommen, die fremde Frau. Philipp wird bei dir bleiben die ganze Nacht hindurch, Spatz, und ich auch, wenn du dich fürchtest.«

»Ein bißchen Fieber wahrscheinlich. Es dürfte eine der bläulichen Hanfwolken gewesen sein, die die Baronesse für eine weibliche Figur gehalten hat. Oder neigt Ihre Tochter am Ende zu Halluzinationen?« fragte der Arzt mit einem leichten Anflug von Besorgnis, als die Baronesse sich entfernt hatte.

»Nein, Doktor. Das war keine Hanfwolke und keine Halluzination. Meine Tochter hat wirklich eine fremde Frau im Zimmer gesehen. Ja, eine fremde Frau war es, die Gretl so erschreckt hat«, sagte der Baron ernst und trat in das Krankenzimmer.

Er machte Licht und blickte sich um. »Natürlich. Hab' ich mir's doch gleich gedacht.«

Er bückte sich und hob ein großes, braunes Tuch vom Boden auf. »Helfen Sie mir, Doktor«, bat er. »Wir wollen es wieder dorthin hängen, wohin es gehört.«
»Sie meinen, daß dieses Tuch die fremde Frau gewesen ist?« fragte der Arzt lächelnd.
»Nein. Ich sagte Ihnen ja, Gretl hat wirklich eine fremde Frau gesehen.«
Er stieg auf einen Stuhl und bemühte sich, mit dem Tuch einen mannshohen Wandspiegel zu verhängen, von dem es scheinbar herabgeglitten war.
»Herr Baron«, sagte der Arzt. »Wir könnten unsre kurze Unterredung gleich hier erledigen.«
»Ja. Ich höre.«
»Ich habe Ihnen heute nachmittags das Karasin-Serum verweigert. Inzwischen habe ich mir die Sache überlegt. Ich werde das Mittel anwenden, wenn Sie wünschen.«
»Ist das Ihr Ernst?« schrie der Baron, ließ das Tuch fallen und stieg, so rasch als er konnte, vom Stuhl hinab. »Jetzt gleich?«
»Ein wenig Geduld!« sagte der Arzt. »Ich muß mir erst das Präparat und meinen kleinen Kochapparat aus meiner Wohnung kommen lassen. Um halb acht Uhr morgens wird alles bereit sein.«
»Wie soll ich Ihnen danken, Doktor!« rief der Baron in überquellender Freude. »Mein ganzes Vermögen reicht nicht aus, um Ihnen so zu danken, wie ich möchte.«
»Wenn Sie glauben, daß der Dienst, den ich Ihnen erweise, wertvoll genug ist, dann bitte ich Sie nochmals ...«
»Nun!« rief der Baron. »Fordern Sie! Fordern Sie unbeschränkt!«
»... um die Hand Ihrer Tochter«, sagte der Arzt leise.
»Die Hand wessen?«
»Ihrer Tochter!«
»Soll das ein Scherz sein?«

Der Arzt verlor die Geduld. »Herr Baron!« sagte er in sehr bestimmtem Ton. »Sie tun unrecht, meine Bitte so von oben herab zu behandeln. Ich hab' einen Namen in der Wissenschaft und bin korrespondierendes Mitglied zweier Akademien. Auch bin ich materiell unabhängig. Meine Entdeckung, das Karasin-Serum, wird mich, wenn es mir gelingt, sie zu vervollkommen, reich und vielleicht auch weltberühmt machen.«

Der Baron blickte den Arzt nachdenklich an.

»Sie haben recht, Doktor!« sagte er. »Ich bitte Sie um Verzeihung: Ich bin blind gewesen. Das war ja vorauszusehen.« Er schlug sich an die Stirne. »Wie konnte mir nur das entgehen!«

»Darf ich also auf Ihre Einwilligung rechnen, Herr Baron?«

»Sie sollen die Hand meiner Tochter haben, wenn Sie sie morgen verlangen werden, Doktor.«

»Ich danke Ihnen, Herr Baron.«

»Wenn Sie sie morgen noch verlangen werden«, wiederholte der Baron mit Nachdruck. »Und nun gute Nacht, Doktor. Und nicht wahr, morgen früh ist alles bereit? Ich glaube, ich werde wieder schlafen können, heute nacht.«

Das Karasin-Serum

»Anzünden!« befahl Dr. Kircheisen. Der alte Philipp brannte ein Streichholz an und ließ die Spiritusflamme emporschießen.
Dr. Kircheisen hatte inzwischen seine schwarze Ledertasche geöffnet und ihren Inhalt auf den Tisch ausgeschüttet. Aus einer flachen Blechbüchse nahm er die Phiole und erwärmte sie vorsichtig über der Spiritusflamme.
»Philipp!« flüsterte der Baron. »Ruf die Baronesse! Bring sie rasch hierher.«
Jetzt schüttete Dr. Kircheisen eine goldgelbe Flüssigkeit aus der Phiole in das Röhrchen der Spritze. Dann setzte er sich an den Bettrand.
Ulam Singhs Gesicht war erdfarben, beinahe fahl. Die Rippen drängten unter der dunklen Haut hervor. Sein Körper zitterte unter jedem Atemzug.
Mit einem raschen Ruck setzte Dr. Kircheisen die Nadelspitze ein und drückte den Kolben nieder. Dann erhob er sich, trat hinter die Bettlehne zurück und legte die Spritze aus der Hand.
Der Baron stand mit vorgebeugtem Kopf und starrte den Kranken erwartungsvoll an.
»Gleich …«, sagte der Arzt. »Nur ein wenig Geduld noch.«
»Wird er jetzt erwachen?« fragte der Baron. Seine Stimme zitterte vor Erregung.
»Sehen Sie selbst!«
»Gottes Wunder …«, flüsterte der Baron.
»O nein! Genau so war's bei der Petronella Hallasch auch. So wirkt das Karasin-Serum immer.«

Ein heftiger Ruck war durch Ulam Singhs Körper gegangen. Seine Knie hoben sich zu einem spitzen Winkel und glitten dann langsam nieder. Sein Kopf zuckte in die Höhe.
Jetzt schlug er die Augen auf. Sie waren schauerlich anzusehen: Die Pupillen groß wie Haselnüsse, der Augapfel ein schmaler, bräunlichgelber Ring. Der Kranke erhob sich mühsam, keuchte heftig und sank wieder zurück.
»Ulam Singh!« rief der Baron.
Der Inder drehte langsam den Kopf und bewegte die Lippen. Aber kein Laut wurde hörbar. Ulam Singh schloß die Augen und lag eine Weile regungslos.
Eine Minute verrann. Der Baron stand noch immer über den Inder gebeugt und sah ängstlich mit einem scheuen Seitenblick nach dem Arzt hin ... Sollte das Serum versagen? ... bettelte dieser stumme Blick. ... Helfen Sie doch, Doktor! Sagen Sie doch ein Wort! ...
Dr. Kircheisen nickte dem Baron beruhigend mit dem Kopfe zu ... Es ist alles in Ordnung! ... bedeutete das ... Nur noch ein paar Sekunden Geduld. Kein Grund zur Beunruhigung. Das Serum tut seine Wirkung, seien Sie dessen gewiß ...
Keiner von beiden hatte ein Wort gesprochen. Dennoch hatte jeder des anderen stumme Sprache verstanden. Der Baron stieß einen leisen Seufzer der Erleichterung aus. Dr. Kircheisen zog die Uhr und zählte die Sekunden. Die Baronesse war indessen leise ins Zimmer getreten und blickte mit ihren großen blauen Augen unruhig und erstaunt bald auf den Kranken, bald auf den Arzt und bald auf ihren Vater.
Und dann kam es. Dr. Kircheisen lächelte befriedigt und ließ die Uhr zurück in die Westentasche gleiten. Ulam Singh hatte sich mit einem Ruck kerzengerade in seinem Bette aufgerichtet. Er schien jetzt erst den Baron erkannt zu haben, winkte mit den Armen und stieß ein paar unartikulierte Laute aus, abgerissene Worte einer fremden Sprache, die halb wie ein Kreischen, halb wie Gelächter klangen.

Aber lauter noch als Ulam Singh schrie jetzt der Baron. Er hatte den Inder an der Schulter gepackt, schüttelte ihn und stieß unverständliche Rufe aus. Wenige Worte nur waren es, die er dem Inder ins Ohr schrie, die aber wiederholte er immer wieder von neuem, mit bittenden, erregten und verzweifelten Gesten. Wie zwei Tollhäusler schrien beide aufeinander ein, und keiner wollte den andern zu Worte kommen lassen.

Da verstummte plötzlich der Inder und sah dem Baron mit offenem Munde ins Gesicht. Ein irres Lächeln glitt über seine erdfarbenen Züge. Er nickte zweimal ernsthaft mit dem Kopf – es schien, als habe er lange nicht verstanden, was der Baron von ihm verlangte, als wäre ihm aber jetzt endlich alles klar geworden. Er erhob sich, stand wankend da auf zum Skelett abgemagerten, gespenstisch dünnen Beinen und bückte sich, die Arme über der Brust gekreuzt, zu einem tiefen Salam.

Aufatmend trat der Baron einen Schritt zurück und blickte sich um. »Gretl! Ist meine Tochter da?«

»Hier, Papa!«

Der Baron ergriff die Bettdecke und legte sie um die Schultern Ulam Singhs, der wie schlafwandelnd oder wie volltrunken hin und her wankte.

»Wie lange ... welche Zeit geben Sie Ulam Singh, Doktor?« stieß er atemlos hervor.

»Eine halbe Stunde. Vielleicht ein paar Minuten darüber.«

»Dann rasch hinunter! Philipp, hilf mir, wir müssen ihn führen!«

»Wohin, Herr Baron?« fragte der Arzt.

»Ins Treibhaus. Komm, Gretl!«

Eine leise Unruhe hatte den Arzt ergriffen, über die er sich keine Rechenschaft geben konnte. Ein Gefühl der Angst, nicht um den Inder, nicht um den Baron. Nur um die Baronesse.

»Was haben Sie vor, Herr Baron?« fragte er. »Was gedenken Sie im Treibhaus zu tun?«

»Später! Später sollen Sie alles erfahren! Jetzt nicht. Wir dürfen keine Minute verlieren! Gretl! Philipp!«

»Wohin führen Sie die Baronesse? Erklären Sie doch ...«, rief der Arzt.

»Später will ich Ihnen alles erklären. Die Zeit verrinnt«, schrie der Baron.

Der Arzt blickte den alten Mann voll Mißtrauen an. Ein Gedanke war in ihm plötzlich erwacht, eine Vorstellung, die ihn beklemmte und aufs tiefste erschreckte. Wie, wenn den Baron sein Versprechen reute? Wie, wenn er ihm die Baronesse rasch aus den Augen bringen, sie trotz der gegebenen Zusage irgendwo auf einem seiner Güter vor ihm verstecken wollte?

»Herr Baron!« rief er, seiner selbst vor Erregung nicht mehr mächtig. »Die Baronesse wird doch wieder zurückkommen ... versprechen Sie mir das!«

»Ja, Doktor!« sagte der Baron mit einem seltsamen, beinahe feierlichen Klang in seiner Stimme. »Meine kleine Gretl wird bald wieder zurückkommen! Und nun geben Sie sich zufrieden und lassen Sie uns gehen.«

Dr. Kircheisens Unruhe wollte trotz dieses Versprechens nicht weichen. »Herr Baron!« sagte er entschlossen. »Sie werden mich mit ins Treibhaus nehmen müssen. Ich lasse Sie nicht allein.«

»Gut, dann kommen Sie. Aber rasch.«

»Gnädiger Herr!« rief in diesem Augenblick der alte Philipp vom Fenster her. »Der Wagen des gnädigen Fräuleins ist soeben in den Garten eingefahren. Sie wird gleich hier sein.«

Der Baron geriet bei dieser Meldung in die furchtbarste Aufregung.

»Meine Braut?« schrie er. »Gerade jetzt! Hat sich denn alles gegen mich verschworen?«

Er zwang sich mit Gewalt zur Ruhe. »Philipp«, befahl er. »Geh mit Ulam Singh und Gretl voraus, aber über die Hintertreppe, damit ihr meiner Braut nicht begegnet. Ich komme gleich nach. Und Sie, Doktor, müssen mir auch heute wieder einen kleinen Dienst erweisen. Sie gehen nicht mit uns, nicht wahr? Sie bleiben oben und widmen sich ein Viertelstündchen lang meiner Braut. Sie darf nicht ungeduldig werden, Sie muß hier oben auf mich warten. Sie werden sie zurückhalten, wenn es ihr einfallen sollte, mich unten im Garten zu suchen. Sagen Sie ihr, ich sei noch bei der Toilette oder im Bad ... sagen Sie ihr, was Sie wollen. Also, nicht wahr, Sie bleiben? Ich wußte, daß ich auf Sie rechnen kann. Leben Sie wohl, Doktor ... also eine Viertelstunde lang.«
Es war etwas Zwingendes in der Stimme des Barons, etwas, was keinen Widerspruch zuließ; ein unbeugsamer und eiserner Wille, der der Bitte die Kraft eines Befehles verlieh. Dr. Kircheisen brachte die Energie nicht auf, die ihm zugedachte Aufgabe abzulehnen, und verbeugte sich stumm.
Langsam ging er, als der Baron das Zimmer verlassen hatte, daran, die Instrumente in seine schwarze Ledertasche zu füllen. Die feinen Messer und die spitzen Nadeln, die scharfen und gefährlichen Dinge, die die Baronesse so liebte. Die Baronesse! Dr. Kircheisen legte die Tasche aus der Hand und trat ans Fenster. Ulam Singh und der Baron waren eben in das Treibhaus getreten. Aber die Baronesse war noch im Garten. Langsam ging sie über den Kiesweg. Wie schön sie war, mit welch edler Grazie sie dahin schritt, dieses junge Weib mit dem anmutig, leichten Gang eines verträumten Kindes. Dr. Kircheisen liebkoste die schlanke Gestalt mit den Augen. Jetzt begann sie rascher zu gehen; ihr Vater hatte sie gerufen. So kurz war der Weg, ein paar Schritte noch und sie mußte ihm aus den Augen sein. Wenn sie doch stehenbleiben wollte, nur eine kurze Minute lang! Doch sie stand schon in der Treibhaustür. Einen Augenblick lang

noch leuchtete der helle Fleck ihres blaßblauen Kleides im dunklen Türrahmen, ... ein letztes Aufschimmern ihres blonden Haares ... nun war sie verschwunden.
Dr. Kircheisen trat vom Fenster zurück. Das sonderbare und ganz unerklärliche Angstgefühl, das ihn schon vorher beschlichen hatte, war plötzlich wieder da, doch stärker und deutlicher als zuvor. Die Unruhe war zu einer quälenden Traurigkeit geworden, die Sorge zu einer drückenden Gewißheit. Irgendeine dunkle Vorstellung einer furchtbaren Gefahr tauchte in ihm auf, die sich nicht in Worte fassen ließ und der er dennoch nicht entrinnen konnte. Es war ihm mit einem Male ganz klar, daß dieses kurze Aufleuchten des blonden Haares in der dunklen Tür ein Abschied gewesen war, der Abschied für immer. »Sie wird nie mehr wiederkommen«, sagte er leise vor sich hin, wie etwas, was nicht mehr zu ändern war, und wußte dennoch nicht, woher ihm diese furchtbare Gewißheit kam. Langsam ging er aus dem Zimmer und über den Gang. Nun würde das alte, traurige Leben wieder beginnen, das trostlose, liebeleere Dasein, das Jahre hindurch sein Anteil am Leben gewesen war. Nein, niemals wieder würde er noch eine Frau lieben können, nach dieser einen, einzigen, die er jetzt verloren hatte. »Vorüber!« flüsterte er halblaut, und der Klang seiner eigenen Stimme ließ ihn aus seinen Gedanken auffahren.
Er stand vor dem Arbeitszimmer des Barons ... Was ist nur plötzlich über mich gekommen? ... fragte er sich verwundert ... Solch ein Unsinn! Auf eine Viertelstunde ist sie hinuntergegangen, und ich trauere ihr nach, als wär es ein Abschied fürs Leben gewesen. Wie ist mir denn überhaupt dieser absurde Gedanke gekommen? Wer in aller Welt kann mir sie jetzt noch nehmen? Ich habe ihre Liebe, ich habe die Zustimmung des Vaters, brauche ich mehr? Sonderbar, daß man von so närrischen Einfällen am hellichten Tage heimgesucht werden kann ...

Er öffnete die Tür und trat ein. Melitta Ziegler saß schon da und wippte sich in des Barons großem Schaukelstuhl. Sie schien schon recht ungeduldig geworden zu sein.
»Felix!« rief sie, als der Arzt ins Zimmer trat. »Ach, Sie sind's, Doktor?«
»Guten Morgen, Gnädigste.«
»Grüß Sie Gott, Doktor. Was fehlt Ihnen? Sie sind so blaß heut.«
»Wirklich? Blaß?«
»Ist etwas passiert?«
»Nein. Mir wenigstens nichts.«
»Wem denn? Am Ende ... wo ist Felix?«
»Der Herr Baron ist vollkommen wohlauf«, beruhigte sie der Arzt. »Er ist noch bei der Toilette und wird in ein paar Minuten bei Ihnen sein.«
»Wieder wohlauf! Doktor, das haben wir Ihnen zu danken!« rief die Schauspielerin und drückte dem Arzt die Hand. »Da bleib' ich gleich den ganzen Vormittag hier. Heut hab' ich keine Probe, zum erstenmal seit vielen Wochen. Wir hatten jetzt so viel Arbeit mit dem neuen Stück – – aber das interessiert Sie wahrscheinlich nicht, Doktor.«
»Im Gegenteil ... alles, was Ihre Person betrifft, Gnädigste, interessiert mich sehr, zumal jetzt, wo ich bald das Glück haben werde ...«
»Nun, Doktor? Erzählen Sie doch, welches Glück Ihnen bevorsteht!«
»Wenn Sie gestatten, Gnädigste, so will ich Ihnen alles sagen. Sie wissen ja, wes das Herz voll ist ... Nun, als Sie mich zum erstenmal trafen, ahnten Sie nicht, daß ich so bald schon zu dem engeren Kreis Ihrer Familie zählen werde.«
»Zu dem –? Wozu werden Sie zählen?«
»Zu Ihrer allernächsten Verwandtschaft. Gnädigste, ich habe mich gestern verlobt.«
Melitta Ziegler stand auf und blickte den Arzt an.

»Warten Sie, Doktor«, sagte sie. »Mir ist das alles ganz wirr ... Ich hab' zwei Kusinen, die Lili und die Gerti, aber die sind doch beide verheiratet. Ledig ist in meiner Familie nur noch die Resitant', die das ewige Rheuma hat, ... Doktor, Sie werden doch nicht die Resitant' heiraten wollen?«
»Daß Sie gerade auf das Nächstliegende nicht verfallen! Die Baronesse und ich, wir haben uns verlobt.«
»Die Baronesse? Welche Baronesse?«
»Nun, die Tochter des Hauses natürlich. Die Gretl.«
Die Schauspielerin ließ sich mit enttäuschter Miene wieder in ihren Schaukelstuhl zurückfallen. »Da bin ich Ihnen schön hineingefallen, Doktor. Nun ja, Sie haben den Spaß aber auch mit einem so ernsten Gesicht gebracht ... jeder wär' Ihnen hineingefallen auf den Witz.«
»Auf welchen Witz?« fragte Dr. Kircheisen erstaunt.
»Nun, auf Ihre Verlobung mit dem Spatzen.«
»Aber ich versichere Ihnen, Gnädigste, es ist mein voller Ernst.«
»Sie sind ein geborener Schauspieler! Nicht einmal die Mundwinkel zucken Ihnen. Ich muß immer gleich lachen, wenn ich mir aus jemandem einen Narren mach'. Ich werd' meinen Direktor auf Sie aufmerksam machen, der ist eh das ganze Jahr in der Provinz hinter neuen Talenten her.«
»Ich verstehe nicht, Gnädigste«, sagte Dr. Kircheisen befremdet, »warum Sie fortgesetzt an dem Ernst meiner Mitteilung zu zweifeln belieben.«
»Also, jetzt kenn' ich mich in Ihnen schon selbst nicht mehr aus. Wenn das Ihr Ernst ist, dann sind Sie übergeschnappt.«
»Übergeschnappt?« rief der Arzt bestürzt.
»Ja. Komplett verrückt. Es tut mir leid, aber wenn das Ihr Ernst war, dann gibt's keinen andern Ausdruck.«
»Aber wir lieben uns! Ich vergöttere die Baronesse, und auch sie hat mir ihre Neigung gestanden.«

»Neigung gestanden! Was reden Sie da! Als ob der Spatz ... Sie ist doch noch ein Kind!« rief die Schauspielerin.
»Aber gerade das ist es ja, was mich so zu ihr hinzieht.«
»Und das sagen Sie mir so ins Gesicht, ohne dabei rot zu werden? Schämen Sie sich! Man muß sich ja fürchten, mit Ihnen allein zu bleiben, Sie Wüstling!«
»Aber Gnädigste ...«, stammelte der Arzt.
»Ihre Schuld, wenn Sie Grobheiten bekommen haben. Man hetzt einen Witz nicht zu Tode, merken Sie sich das. Auch beim Theater nicht, er wird sonst langweilig.« Sie gähnte, laut und provokant. »Das ist Felix, nicht wahr?«
Die Türe hatte sich geöffnet. Aber nicht der Baron war es, der eintrat, sondern der alte Philipp.
»Herr Doktor möchten rasch herunterkommen. Herr Doktor werden gebraucht, ich glaube, der Gärtner will sterben«, flüsterte er dem Arzt zu.
»Gnädigste entschuldigen mich. Man benötigt meine Hilfe«, sagte der Arzt sehr förmlich.
»Ist schon gut. Geh'ns nur«, verabschiedete ihn die Melitta Ziegler ungnädig.
Dr. Kircheisen folgte dem alten Diener ins Treibhaus. Er war bestürzt und verzweifelt. Mit solcher Mühe hatte er die Abneigung des Barons gegen diese Verbindung beseitigt, und nun kam ein neuer Widerstand von einer Seite, von der er ihn nicht erwartet hatte. Aber es gab kein Zurück, es durfte keines geben! Auch dieser Widerstand mußte gebrochen werden. Gretl mußte fort mit ihm aus diesem Haus, wo in jedem Winkel eine Tollheit oder ein Geheimnis lauerte, wo jedes Ding auf dem Kopfe stand.
Wahrhaftig. Alles stand auf dem Kopf in diesem Haus: In der Kammer Ulam Singhs erwartete den Arzt ein großer, breitschultriger Mensch, der sonderbarerweise in den Kleidern des Barons steckte. »Sie kommen zu spät, Doktor!« sagte er vertraulich und drückte ein Taschentuch an seinen

Hals. »Er ist schon tot. Ich hab' ihn gleich hinauftragen lassen.«
»Wo ist Gretl?« rief der Arzt. »Wo ist meine Braut?«
»Ihre Braut? Gehen Sie nur hinein, sie erwartet Sie«, sagte der fremde Mensch.
Dr. Kircheisen trat in die Orchideenabteilung. Der große Raum sah ganz verändert aus, kahl, leer, dürftig, irgend etwas fehlte, irgend etwas, was in den Raum gehörte, war nicht da. Der Mangobaum! Das war es! Wo war der Mangobaum? Der mächtige Stamm mit seinen großen, blaugrünen Blättern und den goldgelben Früchten – er war verschwunden. Ein dünnes Stämmchen, dessen dürftige Zweige ein paar kümmerliche grüne Blattknospen trugen, stand an seiner Stelle. Verblüfft trat Dr. Kircheisen an das Bäumchen heran. Aber im nächsten Augenblick fuhr er entsetzt und verstört zurück.
In die Rinde des Bäumchens war ein Herz eingeschnitten und Buchstaben, G. v. V. und darunter F. K., winzig klein alles, kaum wahrnehmbar, und dennoch dieselben Zeichen, die er tags zuvor in großen Zügen in die Rinde des stolzen Mangobaumes gegraben hatte!
»Sie staunen über das Mangobaumwunder, Doktor«, sagte der Riese, der des Barons Kleider trug, und tupfte mit einem blutigen Taschentuch seinen Nacken. »Ja, Ulam Singh hat sein letztes Experiment beendet.«
»Gretl!« schrie Dr. Kircheisen auf und blickte sich um. Die Sonnenstrahlen fielen durch die schrägen Fenster und blendeten ihn. Nirgends sah er die Baronesse.
Aber aus einem der grünen Gartenstühle erhob sich jetzt ein sonderbares Geschöpf: Ein kleines Mäderl, zart und schmächtig, doch beladen und belastet mit einem unförmigen, blaßblauen Kleid, einem wahren Ungetüm von Kleid, das das Kind mit beiden Händen raffen und in die Höhe heben mußte, um einen Schritt tun zu können, und das den-

noch als riesige Schleppe hinter ihm her floß. In viel zu großen Schuhen schwimmend, mit Ärmeln, die leer bis auf die Erde herabhingen, so kam das seltsame Wesen auf Dr. Kircheisen zugetrippelt.

»Gretl!« rief der Arzt noch immer suchend, mit einem jammervollen Klang in der Stimme.

»Aber ja doch! Hier bin ich!« zwitscherte das Kind, stolperte über sein Kleid, verfing sich in seinen Ärmeln, erhob sich wieder und stand endlich neben dem Arzt. Ein schmales, blasses Kindergesicht, das er nie zuvor gesehen hatte, blickte aus ihren, aus Gretls großen, blauen Augen zu ihm auf.

Ein Frösteln lief über Dr. Kircheisens Rücken. Er tastete nach einer Stuhllehne. Der Orchideensaal mit seinen Stühlen, Tischen, Topfblumen und Gartengeräten drehte sich in einem wilden Tanz um ihn.

»Gretl!« erklang die Stimme des breitschultrigen Menschen. »Lauf hinauf, mein Liebling, zieh dich rasch um und geh dann mit Mama im Garten spazieren. Sag ihr, daß ich bald nachkomme. Nun Doktor! Erkennen Sie mich noch immer nicht?«

Mechanisch wandte sich Dr. Kircheisen um. Der Riese, der die Kleider des Barons trug, stand noch immer hinter ihm und hatte, das erkannte Dr. Kircheisen erst jetzt, des Barons Kopf auf seinen mächtigen Schultern: Die kühne, gebogene Nase, die buschigen Brauen, das dichte Haar – nur die tausend Falten und Runzeln waren verschwunden, ein straffes, sonnengebräuntes Männerantlitz blickte den Arzt an.

»Setzen Sie sich, Doktor«, klang es an Dr. Kircheisens Ohr. »Es ist Zeit, daß ich Ihnen alles erzähle ... Sie haben mich gestern nach meinem Alter gefragt. Ich konnte Ihnen keine Antwort darauf geben: Nun, Doktor, jetzt will ich's Ihnen sagen: Ich bin achtunddreißig Jahre alt. Und meine kleine Gretl, die ist wirklich heute wiedergekommen ...«

Der Tempelgarten in Agra

»Sie starren mich noch immer an, Doktor, ... ich sehe ein wenig verändert aus, nicht wahr? Ja, ich hatte einen schlechten Tag gestern, das können Sie mir glauben. Setzen Sie sich, Doktor, denn ich will Ihnen jetzt alles erklären: wie die Tik Paluga in mein Treibhaus gekommen sind, wer die fremde Frau war, die meine Tochter heute nachts gesehen hat, und wie ich in den furchtbaren Zustand gekommen bin, in dem Sie mich vorgestern abends angetroffen haben, ... das alles sollen Sie jetzt erfahren. Aber ich muß weit zurückgreifen und mit dem Tag beginnen, an dem ich zum erstenmal jenes unglückselige Experiment mit der Orchidee gesehen habe. Das ist in der Stadt Agra gewesen, im Winter vorigen Jahres, auf meiner indischen Reise.
Das Datum weiß ich freilich heute nicht mehr ganz genau. Aber ich erinnere mich, daß es tagsüber sehr heiß war, obwohl die Hindus am frühen Morgen kleine Feuer auf den Straßen angezündet hatten, um sich zu erwärmen. Kälte am Morgen, Hitze bei Tag ... es dürfte also anfangs Jänner gewesen sein. Es war der Tag, bevor ich Agra verließ; ich wollte nur noch die große Prozession abwarten, die die Hindupriester der Stadt zu Ehren der Pravati, Vishnus Gattin, der Göttin mit den Fischaugen, abhalten wollten. Man hatte mir in Hamiltons Hotel viel von der malerischen Wirkung dieser Zeremonie erzählt. Leider kam sie schließlich nicht zustande, zweier fanatischer Mohammedaner wegen ... aber davon später.
Ich verließ Hamiltons Hotel gegen sieben Uhr früh, um zwei anglo-indische Freunde zu einer Spazierfahrt abzuholen, den

Captain Elliot und den Arzt Reginald Fawcett, einen Vetter meiner verstorbenen Frau, die eine Engländerin gewesen ist. Ich ging zu Fuß. Ich sehe die Landschaft noch heute so lebendig vor mir, als hätte ich sie erst gestern verlassen. Der Weg führte anfangs durch eine Allee von Kokospalmen. Eine Herde Kühe kam mir entgegen, dann zwei Hindufrauen in ihren Festkleidern. Die kupferne Kuppel des Vishnutempels leuchtete vom Ende der Allee her zu mir herüber, und ich hörte das Geschrei der heiligen Papageien, die in den Ornamenten der Tempelfassade nisten. Dann brach die Palmenallee ab, und der Weg führte zwischen Indigo-, Baumwoll- und Zuckerrohrfeldern weiter bis zu einem Garten, der schon zum Tempel Vishnus gehörte.
Am Eingang dieses Gartens stand Ulam Singh. Er war damals einer von den Dienern des Heiligtums, das konnte ich schon aus den Aschenlinien erkennen, mit denen er seinen nackten Oberkörper zu Ehren Shivas, des Todesgottes, bemalt hatte.
Ich war diese Straße schon öfter gegangen und hatte Ulam Singh häufig über den Gartenzaun hinweg bei seiner Arbeit beobachtet, wenn er seine Nelken und benghalischen Rosen begoß. Aber niemals vorher hatte ich ihn so erregt gesehen. Er kam auf mich zu und sprach mich an.
Er sprach maharattisch. Ich beherrsche diesen indischen Dialekt nur unvollkommen, aber er wiederholte seine Bitte sogleich in gebrochenem Englisch. Ob ich nicht in den Garten eintreten und seine Blumen ansehen wolle.
Ich bin ein leidenschaftlicher Blumenliebhaber, Doktor. Ich weiß, Sie halten mich für einen verständnislosen Vandalen, seit ich gestern die Blumen im Treibhaus zu Ihrem Schmerz mit Stumpf und Stiel ausgerottet habe. Nun, ich gebe zu, meine Leidenschaft für tropische Pflanzen hat sich während der letzten zwei Tage erheblich abgekühlt, ... aber das hat seine guten Gründe, Doktor. Damals aber in Agra war mir

nichts willkommener als Ulam Singhs Einladung. Ich hatte schon lange den Wunsch gehabt, den Tempelgarten zu besichtigen, und so trat ich denn hinter dem Gärtner ein.
In der Mitte des Gartens stand eine mächtige Granitfigur, die den Gott Ganisa, den Dämon mit dem Elefantenkopf und den vielen Armen darstellt. Und rings um das Götterbild waren Blumenbeete angelegt: Nelken, Hyazinthen, weiße und blaue Strobilanthusblüten. Ein paar Talipotpalmen mit tiefroten Blütentrauben und zwischen ihnen ein kleiner Weiher, dessen Spiegel ganz überdeckt war von den lichtblauen Blüten einer japanischen Lotosart.
Ulam Singh beugte sich über eines der Beete und reichte mir eine Nelke.
Es war keine gewöhnliche Nelke. Sie war weiß, voll aufgeblüht und gefüllt, aber sie trug eine merkwürdige Zeichnung: In brennroten Blütenblättern eine ganz kleine, dreizinkige Gabel, das Symbol des Gottes Vishnu.
Es war das Resultat kunstvoller, vielleicht jahrzehntelanger Zucht- und Kreuzungsversuche ... Ich hatte ähnliches noch nie vorher gesehen. Ulam Singh merkte das und nannte seinen Preis: Dreiundvierzig Rupien.
Dreiundvierzig Rupien, das schien mir zu viel für eine botanische Spielerei; und ich wandte mich daher zum Gehen. Ulam Singh machte ein bestürztes Gesicht, winkte mir zu warten und verschwand hinter dem Götzenbild. Gleich darauf kam er wieder hervor und bot mir einen Blumentopf mit einem zwerghaft kleinen Jasminstrauch, der zweierlei Blüten trug, rote und weiße.
Ich fragte nach dem Preis.
›Dreiundvierzig Rupien‹, war die Antwort, und die Hartnäckigkeit, mit der der Inder diese Ziffer festhielt, fiel mir auf. Ich überlegte ein wenig. Ulam Singh hielt den Handel für abgeschlossen und fragte, ob er mir die Pflanze in Hamiltons Hotel bringen solle.

Nun war mir aber im selben Augenblick ein orchideenartiges Gewächs aufgefallen, das im Schatten des Ganisabildes an einer hölzernen Stange emporkletterte. Ich kannte es nicht, hätte es aber gerne im Zustand der Blüte gesehen. Ich fragte deshalb den Gärtner, ob er nicht ein aufgeblühtes Exemplar dieser Orchideenart in seinem Garten habe.
Ulam Singh verneinte. ›Das ist schade!‹ sagte ich. ›Die hätte ich gerne gekauft.‹
Ulam Singh überlegte eine Weile.
›Kommt der Sahib diesen Weg zurück?‹ fragte er dann.
›Wahrscheinlich.‹
›In einer Stunde?‹
›Beiläufig! Ja!‹
›So wird der Sahib die Blume haben, die er wünscht.‹
Er geleitete mich bis zur Gartentür. Dort verabschiedete er sich mit einer tiefen Verbeugung.
Ich fand meine Freunde noch bei ihrem monotonen indischen Frühstück: Fisch, Curry und Wildbret, wie alle Tage. Wir machten unsere kleine Spazierfahrt, dann gingen wir zum Tempel, in dessen Halle schon die Prunkstücke zur Prozession ausgestellt waren: ein Thronhimmel, der auf silbernen Stützen stand, die saphirbesetzten Tragsessel, die Prachtgewänder der Priester und vor allem die beiden schweren, goldenen Armleuchter, die an den Stoßzähnen des heiligen Tempelelefanten festgeschraubt werden sollten. Es war schon gegen elf Uhr vormittags, als ich mich endlich meines Blumenhandels erinnerte. Wir gingen alle drei zu Fuß hinunter bis zu Ulam Singhs Garten. Unser Wagen fuhr langsam hinter uns her.
Ulam Singh stand mit gekreuzten Armen und vorgebeugtem Kopf unbeweglich vor der Gartentür und spähte nach mir aus. Als er mich kommen sah, machte er seinen tiefen Salam und wies uns dann mit einer einladenden Bewegung seiner Hand in das Garteninnere.

Wir traten ein. Die Luft war mit Düften von hunderterlei Blumen geschwängert. Aber ich habe eine feine Nase und spürte sogleich einen scharfen, mir unbekannten Geruch, den ich vorher bestimmt nicht wahrgenommen hatte.

›Reginald! Captain!‹ fragte ich und zog die Luft durch die Nase ein. ›Spüren Sie nichts?‹

›Hemp!‹ sagte Reginald. ›Verbrannter Hanf.‹

Vor der Granatfigur des Ganisa lag ein Häufchen glühender Holzkohlen. Ich dachte einen Moment lang darüber nach, warum Ulam Singh trotz der Vormittagshitze in seinem Garten ein Feuer unterhalten haben mochte. Am Morgen war es sicherlich noch nicht dagewesen. Aber im gleichen Augenblicke fiel mein Blick auf etwas anderes, das vorher gleichfalls nicht dagewesen war.

Eine schöne, beinahe mannshohe Orchidee rankte sich an einer hölzernen Stange empor, mit großen, rötlichgelben Blüten ... Sie kennen Sie sicherlich, Doktor: Die Blüten sind wie der Totenschädel eines Pferdes geformt. Das Sonderbare aber war, daß die schöne, voll aufgeblühte Pflanze genau an derselben Stelle stand, die am Morgen das junge Pflänzchen, das ich nicht hatte kaufen wollen, eingenommen hatte.

Ich war meiner Sache ganz sicher. Ich hätte sie beschwören können. Ich muß ein verblüfftes oder verwirrtes Gesicht gemacht haben, den beiden andern fiel es auf.

›Baron? Was gibt's denn?‹ fragte der Offizier.

›Schauen Sie die Orchidee dort an!‹ sagte ich.

›Nun ja, die Pflanze, deretwegen wir hergekommen sind.‹

›Nun: ich erkläre Ihnen, die Pflanze war heute morgen noch nicht da.‹

›Unsinn‹, sagte der Captain.

Reginald Fawcett zog noch immer die Luft durch die Nase:

›Sie meinen‹, sagte er, ›daß die Orchidee während Ihrer dreistündigen Abwesenheit aufgeblüht und die Stange emporgeklettert ist?‹

›Nein, das wäre absurd. Das zu behaupten wäre lächerlich.‹

Reginald gab keine Antwort, sondern hatte mit Ulam Singh einen kurzen Wortwechsel im Maharattadialekt.

›Er sagt‹, wandte er sich dann an mich, ›daß die Pflanze immer dagestanden sei. Sie hätten sie nur vorher nicht beachtet. Er behauptet, Sie wären „dimeyed".‹

›Nein. Ich habe gute Augen. Sie können mir glauben, Reginald, die Pflanze war heute morgen nicht da.‹

Facwett sprach neuerdings ein paar Worte zu Ulam Singh.

›Er meint‹, sagte er dann, ›die Orchidee sei am Morgen im Schatten der Ganisafigur gestanden und deswegen in ihrer Farbenwirkung beeinträchtigt gewesen. Darum habe er Sie gebeten, später wieder zu kommen.‹

Mich befriedigte diese Erklärung nicht. Captain Elliot war indessen ungeduldig geworden. ›Nun, was verlangst du für die Pflanze?‹ fragte er den Inder.

›Dreiundvierzig Rupien!‹ sagte Ulam Singh leise und schüchtern.

›Dreiundvierzig Rupien? Bist du toll, Nigger?‹ ... Wenn Captain Elliot wütend war, dann erklärte er jeden, der nicht aus der Londoner City stammte, für einen ›Nigger‹.

Ulam Singh stellte statt aller Antwort den Zwergjasminstrauch neben die Orchidee und legte die Nelke mit dem roten Zeichen des Vishnu dazu. Dann beschrieb er mit den Fingern einen Kreis um die drei Pflanzen: Alles zusammen kostete dreiundvierzig Rupien.

›Man darf den Leuten niemals geben, was sie verlangen‹, entschied der Offizier kurz und bündig. ›Bieten Sie ihm die Hälfte.‹

Ulam Singh hatte ihn verstanden und schüttelte heftig den Kopf.

›Fragen Sie ihn doch, wozu er das Geld braucht!‹ sagte ich zu Fawcett.

›Er will mit dem Nachteilzug nach Bombay fahren‹, wurde mir die Antwort des Inders verdolmetscht.
›Was hast du in Bombay zu suchen?‹ wollte der Captain wissen.
Ulam Singh zuckte die Achseln, ließ den Kopf hängen und gab keine Antwort.
›Dreißig Rupien. Mein letztes Wort!‹ rief Elliot. Er setzte seinen Stolz darein, mir zu beweisen, daß ich der ewig betrogene Fremde sei, und, wie gut hingegen er die Leute zu behandeln wisse. Mir war seine Einmengung lästig, aber ich konnte mich ihrer nicht gut erwehren.
Ulam Singh schüttelte auf das Gebot der dreißig Rupien bekümmert den Kopf und blickte im Garten umher, ob da nicht noch etwas wäre, was er mir anbieten könnte.
›Kommen Sie, Baron‹, drängte Elliot und zog mich zum Ausgang. ›Ich kenne den Orient. Fünf gegen eins: Der Kerl kommt Ihnen in einer Viertelstunde nachgelaufen.‹
Wir verließen den Garten. Ulam Singh begleitete uns trotz des zerschlagenen Handels mit der gleichen unterwürfigen Höflichkeit, mit der er uns empfangen hatte, auf die Straße. Als der Wagen rollte, traf mich sein letzter bittender Blick.
Ich war ärgerlich und schlecht gelaunt. Mich verdroß die wenig rücksichtsvolle Art, in der mir Elliot seine Kenntnis der indischen Handelsbräuche demonstriert hatte. ›Der Mann ist mir nicht nachgelaufen, Captain‹, sagte ich, als wir in der Nähe des Hotels waren. ›Ich muß die Orchideen haben. Fahren wir zurück.‹
›Wie Sie wünschen‹, gab Elliot zur Antwort. Wir kehrten um. Eine Viertelstunde später standen wir vor Ulam Singhs Garten.
Wir riefen, ohne Antwort zu bekommen. Der Inder war nicht zu sehen.
Wir traten ein. Elliot ging voran. Der Garten war leer. Die Mittagsglut trieb uns den Schweiß ins Gesicht. Wieder stieg

mir der Hanfgeruch in die Nase, diesmal aber stärker und beißender.
Elliot war mir, wie gesagt, um ein paar Schritte voraus. Mit einem Male blieb er stehen.
›Wir sind falsch gefahren‹, sagte er. ›Das ist nicht der Ort, den wir suchen.‹
›Aber wieso denn?‹ rief ich. ›Dort steht ja der Ganisa. Hier das Bassin mit den blauen Lotosblumen. Und da ist ja noch der Jasminstrauch mit den weißen und roten Blüten!‹
›Und wo ist die Orchidee?‹
Wir starrten alle drei einander ins Gesicht. Dort, wo eine halbe Stunde vorher die Orchidee mit ihren gelbroten Blüten mannshoch emporgeklettert war, stand jetzt wieder eine schmächtige grüne Pflanze – dieselbe, die ich am Morgen gesehen hatte, so klein, daß sie ein Tropenhelm hätte bedecken können.
Fawcett brach zuerst das Schweigen.
›Ich wünsche Ihnen Glück, meine Herren‹, sagte er. ›Sie sind durch Zufall Zeugen eines sehr charakteristischen indischen Sadhuexperimentes geworden, das Ihnen, Herr Baron, wenn Sie Indien verlassen haben, ein bleibendes Andenken sein wird. Nicht jeder Indienfahrer hat das Glück, solch eine interessante Reiseerinnerung mit nach Hause zu nehmen.‹
Fawcett ahnte wahrhaftig nicht, wie prophetisch diese Worte waren. Ulam Singhs Experiment wäre mir ohne Ihre Hilfe, Doktor, wirklich ein bleibendes Andenken geworden … aber eines von furchtbarer Art. Was Fawcett aber eigentlich meinte, verstanden wir nicht. Der Captain hatte ein halb verlegenes, halb skeptisches Lächeln, und ich habe damals wahrscheinlich auch kein sehr kluges Gesicht gemacht.
›Ich bin seit achtzehn Jahren in Indien‹, erklärte Fawcett. ›Ich habe allerlei Fakirkünste gesehen. Bei mir zu Hause besitze ich ein ziemlich umfangreiches Dossier mit Protokollen über Erlebnisse mit indischen Sadhus. Dieses Experiment

habe ich jetzt im ganzen fünfmal beobachtet. Einmal an einem Mangobaum; zweimal war eine Bohnenranke das Objekt, einmal ein Zuckerrohr, heute diese Orchidee.‹
›Was ist eigentlich vorgegangen?‹ fragte ich. ›Reginald, glauben Sie im Ernst …‹
›Hier handelt es sich nicht mehr um „glauben". Das sind keine Vermutungen. Für mich sind's bestehende Tatsachen. Ihr Gärtner ist zweifellos ein Sadhu, ein Hinduheiliger. Er scheint freilich ein Anfänger zu sein, etwa im Stadium der Yama, der sogenannten äußeren Bezwingung, die dem Sadhu gewisse höhere Kräfte, in erster Linie die Herrschaft über den Organismus eines fremden Wesens verleiht. Die Art des Experimentes läßt auf einen Adepten von wenig entwickelten Fähigkeiten schließen. Aber ich habe auch schon Sadhus in der achten Stufe der Andacht gesehen. Im Samadhu, der „Versenkung in sich selbst". Sie verleiht Gewalt über den eigenen Organismus, die weit schwieriger zu erlangen und überaus selten ist.‹
Glauben Sie mir, Doktor, mir wurde ganz wirr im Kopfe bei diesen Worten. Elliot flüsterte neben mir ganz leise sein ›Nonsence‹.
›Haben Sie niemals die Beobachtungen Braids gelesen, die dieser berühmte Physiologe an dem Yoghi Harida angestellt hat? Und seinen Bericht über den abgeschnittenen Ringfinger des Hinduweibes Sipra?‹ fragte mich Fawcett.
›Aber, Reginald, die Erklärung! Eine biologisch faßbare Erklärung dafür!‹ rief ich.
›Die Sadhus haben die Fähigkeit, das Wachstum eines fremden Organismus ganz außerordentlich zu beschleunigen und ihn dann wieder in seinen ursprünglichen Zustand zurückzubringen. Vielleicht mittels Strahlungen des Körpers, Dungmittel insubstanzieller Natur … man weiß darüber so gut wie nichts. Sicher ist, daß die meisten Sadhus sich durch den Dampf gewisser Hanfpräparate in einen Rauschzustand ver-

setzen ... sie nennen es: der Gottheit näher kommen. Mir ist der Hanfgeruch gleich aufgefallen. Wollen Sie mir helfen, ein Protokoll über den Vorfall aufzunehmen? Für mein Dossier, meine Herren.‹

So habe ich also Ulam Singhs Experiment kennengelernt. Ihn selbst suchten und riefen wir eine halbe Stunde lang vergeblich. Er zeigte sich nicht, und so verließen wir den Garten.

Am Abend desselben Tages saß ich in Hamiltons Hotel am Table d'hote-Tisch. Das Souper war beendet, die Diener räumten das Obst ab und brachten die bronzenen Karaffen mit Wasser, in dem wir uns die Fingerspitzen netzten. Eben als ich aufstehen und auf mein Zimmer gehen wollte, kam noch ein verspäteter Gast in den Speisesaal. Dr. König von der ›Kölnischen‹.

Er kam sehr aufgeregt an den Tisch, jedermann konnte ihm anmerken, daß er im Besitze einer besonderen Sensation war und darauf brannte, sie loszuwerden.

›Also aus der Prozession wird nichts. Sie haben umsonst so lang gewartet, Herr Baron!‹

›Warum? Was ist geschehen?‹ bestürmten wir ihn.

›Eine kolossale Prügelei zwischen Hindus und Moslems. Sogar geschossen ist worden!‹

›Wahrhaftig? Hier hat man aber nichts gehört? Geschossen? Waren Sie dabei? Was war die Veranlassung?‹ rief alles durcheinander.

Dr. König wußte es nicht. Er verstand keinen der Eingeborenen-Dialekte, und ihm auf englisch zu erklären, was eigentlich vorgefallen war, hatte sich niemand Zeit und Mühe nehmen wollen.

Aber der Hoteldirektor, der jetzt in den Speisesaal kam, wußte mehr von der großen Neuigkeit.

›Sehr schwere Unruhen in der Oststadt. Die große Prozession wird leider nicht abgehalten werden‹, sagte er in dem

gleichen Tone des Bedauerns, in dem er uns sonst einbekannte, daß die gefüllten Tomaten ausgegangen seien oder daß es Kalbsrippen leider nicht mehr gäbe.
›Und der Anlaß zu den Unruhen?‹ fragte ich.
›Ein schweres Sakrileg. Wie Sie wissen, sollte morgen das heilige Buch, das die Gebete zu Ehren der Göttin Pravati enthielt, ein über tausend Jahre alter Foliant übrigens, mit der Prozession durch die Straßen getragen und den Gläubigen zur Schau gestellt werden. Nun, dieses heilige Buch – Gaunth nennen es die Hindus – kann nicht gezeigt werden.‹
›Ist es gestohlen worden?‹
›Weit schlimmer als das: Es ist zerrissen und besudelt worden, noch dazu mit dem Blut eines Tieres, einer Kuh oder eines Schafes. In den Augen der Hindus kann es keine ärgere Entweihung geben.‹
›Und wer hat das getan?‹
›Zwei moslemitische Fanatiker, Afghanen. Man kennt sogar ihre Namen. Sie sollen sich schon vor Wochen in unbestimmten Redensarten ihrer Tat gerühmt haben.‹
›Hat man sie festgenommen?‹
›Leider nicht. Die sind von ihren Glaubensgenossen schon längst in Sicherheit gebracht worden. Dafür haben ein paar ganz unschuldige arme Teufel die Rache des Hindumobs zu spüren bekommen, die Tempelhüter, die Diener des Pravatiheiligtums. Zwei von ihnen sind der wütenden Menge in die Hände gefallen. Der eine ist tot, der andere liegt jetzt im Missionsspital.‹
›Und die anderen?‹
›Auf die wird noch immer Jagd gemacht. Sie hätten übrigens Zeit genug gehabt, sich aus dem Staube zu machen. Man sagt, daß die Diener des Heiligtums das Verbrechen schon vor Monaten entdeckt haben. Nur aus Furcht vor Strafe verschwiegen sie es und suchten die Katastrophe, solange es ging, hinauszuschieben. Heute, am Tage vor der Prozession,

mußte die Sache natürlich ans Licht kommen. Hören Sie den Lärm? Offenbar ist man wieder hinter einem von den armen Teufeln her.‹

Ich wußte jetzt, warum mich Ulam Singh so dringend um die dreiundvierzig Rupien gebeten hatte. Es war das Geld, das er für die Fahrt nach Bombay gebraucht hatte; er hatte Agra verlassen und sich vor der Rache des Hindumobs in der großen Hafenstadt verbergen wollen. Doktor, ich war grenzenlos wütend über den Kapitän Elliot, der mich gehindert hatte, dem Inder mit den dreiundvierzig Rupien aus seiner Not zu helfen. Ich war jetzt daran schuld, wenn der Unglückliche tot oder schwer verwundet im Missionsspital lag oder von der wütenden Menge durch die Straßen gehetzt wurde. Ich machte mir schwere Vorwürfe. Ein Menschenleben hätte ich retten können! Und ich fühlte plötzlich Ulam Singhs letzten flehenden Blick wieder, mit dem er mich vergeblich um Hilfe gebeten hatte, als mein Wagen davonrollte.

Ich verließ den Speisesaal. In der Halle kam der Manager des Hotels auf mich zu.

›Herr Baron!‹ sagte er. ›Sie haben kürzlich die Absicht geäußert, vor Ihrer Abreise einen eingebornen Diener zu engagieren. Ich kann Ihnen einen sehr geschickten und verläßlichen Menschen empfehlen. Komm her, Boy! Mach dem Sahib deinen Salam!‹

Und aus dem dunklen Winkel, in den er sich geduckt hatte, kam mein Freund Ulam Singh hervor, dessen Tod ich mir eben zum Vorwurf gemacht hatte.

›Nebenbei gesagt, Herr Baron: Sie tun ein gutes Werk mit diesem Engagement. Der Bursche muß aus Agra fort. Er ist einer von den unglückseligen Dienern des Pravatitempels, denen heute nicht sehr wohl in ihrer Haut ist. Da ist keiner, der, wie die Dinge heute liegen, auf die Dauer für Ulam Singhs gerade Glieder einstehen möchte‹, meinte der Manager.

Ulam Singh hatte sich tief vor mir verneigt. Jetzt holte er unter seinem gelben Mantel eine kleine Topfpflanze hervor und stellte sie vor mich hin auf den Boden. Es war der Jasminstrauch mit den zweifach gefärbten Blüten, den ich hatte kaufen wollen. Er hatte ihn mitgebracht und bot ihn mir zum Geschenk an, so wie ein geprügelter Hund einen Knochen oder ein Stück Holz herbeischleppt, um seinen Herrn in gute Laune zu versetzen.

Mir kam der Gedanke, daß ich Ulam Singh sehr gut in meinem Wiener Treibhaus verwenden könnte.

›Du bist Gärtner?‹ fragte ich.

›Der Sahib will dich mit nach Europa nehmen. Gib ihm Antwort, Boy! Er versteht‹, meinte der Manager, nun zu mir gewendet, ›alle Gärtnerarbeiten: Beete anlegen, Bäume pfropfen und beschneiden –‹

›Sonst nichts?‹ fragte ich den Inder. ›Ist das alles?‹

›Er wird sich jetzt zu jeder Arbeit verstehen, auch zu der niedersten, er hat nämlich seine Kaste verloren‹, versicherte der Manager.

›Ich möchte einmal sehen, ob du diese Jasminknospe innerhalb einer Viertelstunde zum Aufblühen bringen kannst‹, sagte ich zu Ulam Singh.

Aber der Inder schüttelte heftig den Kopf und machte eine abwehrende Bewegung mit beiden Händen.

›Ah, Sie denken offenbar an das bekannte Kunststück der indischen Büßer, Herr Baron?‹ sagte der Manager lächelnd. ›Aber das ist keine so alltägliche Sache, glauben Sie mir. Die Herren Indientouristen meinen, ein jeder von den Natives, denen sie begegnen, verstände die Kunst. Lassen Sie sich sagen, Herr Baron, ich bin seit meinem sechzehnten Jahr in Indien, aber diesen Trick habe ich nur ein einziges Mal zu sehen bekommen. Das war da drüben in Dschaipur, von einem sogenannten Bhat, einem radschputischen Straßensänger. Nein, dergleichen dürfen Sie von unserem Mann nicht er-

warten. Aber ein tüchtiger Gärtner ist er, der sein Fach versteht, dafür verbürge ich mich.‹
Ulam Singh ließ den Kopf hängen, sprach kein Wort und erwartete meine Entscheidung.
Seh'n Sie, Doktor, mir gefiel, daß der Inder seine Fähigkeiten geheimhielt. Es schien mir etwas von dem Feingefühl des echten Künstlers darin zu liegen, der seine Leistungen nur ungern der Neugierde der großen Menge preisgibt.
›Es ist gut, du kannst bleiben‹, sagte ich. ›Mach dich reisefertig, wir fahren wahrscheinlich schon morgen ab.‹
Ulam Singh war reisefertig. Er brachte ein Bündel aus seinem Winkel. Es enthielt Betelblätter und Nüsse, ein paar Armbänder und einen Gebetskranz aus roten Kugeln. Und noch etwas: eine Handvoll geriebenen Hanfs. –

Die Positur der Lotosblume

Während der Rückfahrt nach Europa habe ich an Ulam Singhs Wesen wenig Absonderliches oder Merkwürdiges gefunden. Er unterschied sich in nichts von jedem anderen eingebornen Diener. Er hielt meine Sachen leidlich in Ordnung, bediente mich zu meiner Zufriedenheit und verbrachte im übrigen seine freie Zeit mit dem Kauen von Betelblättern, die er sehr geschickt mit Butter zu bestreichen und mit einer Einlage von Arekanuß zu füllen verstand.
Auch hier in meiner Wiener Villa war er anfänglich ein Diener wie jeder andere; ein wenig exotisch vielleicht in seinen Lebensgewohnheiten, im allgemeinen aber erinnerte nichts in seinem Verhalten an jenen geheimnisvollen Vorgang, der sich im Garten des Pravatitempels in Agra abgespielt hatte. Erst nach einigen Monaten erfolgte das tragikomische Abenteuer meines Kammerdieners Philipp mit seinem jungen Fuchs, das eigentlich die Einleitung zu jenen Ereignissen bildete, deren Verlauf, Doktor, mich zwang, Ihre Hilfe in Anspruch zu nehmen.
Um mich kurz zu fassen – – Philipp und mein indischer Gärtner vertrugen sich schlecht. Eine gewisse Eifersucht meines alten Kammerdieners mag wohl die Hauptschuld daran getragen haben. Sie müssen wissen, daß Philipp schon seit vielen Jahren in meinen Diensten steht; ich habe ihn von meinem verstorbenen alten Bruder übernommen. Daneben hat wohl auch Philipps Unduldsamkeit gegen die mannigfachen, oft allzu indischen Gewohnheiten Ulam Singhs mitgespielt. Der Inder liebte es beispielsweise, im Garten bei seiner Arbeit zu singen, in einem sonderbaren Rhythmus, der

für europäische Ohren einfach unerträglich war. Auch war Ulam Singh nicht davon abzubringen, Treppen und Veranda täglich mit einer abscheulichen Kuhdunglösung zu bestreichen, wie er es von seiner Heimat her gewohnt war. All das gab Gelegenheit zu Streit, und eines Tages kam es sogar zu Tätlichkeiten – – der Anlaß war übrigens komisch genug.
Ulam Singh war abergläubisch. Er duldete es nicht, daß irgendwer im Garten auch nur eine einzige Rose von einem der Stöcke schnitt. Er war überzeugt, daß in jedem von den Rosenstöcken irgendein indischer Gott seinen Wohnsitz aufgeschlagen hatte, der im übrigen den ganzen Tag zu schlafen schien. Denn bevor Ulam Singh die Gartenschere an die Rosen setzte, klatschte er dreimal in die Hände, damit der Rosengott gewarnt wäre und Zeit hätte, sich rechtzeitig auf und davon zu machen. Diese rücksichtsvolle Zeremonie unterließ Ulam Singh nie; ich und meine Gäste haben oft unseren Spaß daran gehabt.
Nun hatte aber Philipp eines Tages in Abwesenheit Ulam Singhs eine Art Götterdämmerung im Garten veranstaltet; zumindest drei Dutzend Rosen hatte er von den Stöcken geschnitten, natürlich ohne vorher den Göttern die gebührende Rücksicht des Aufweckens zu erweisen. Darüber kam es zwischen Philipp und Ulam Singh zu einem Streit, der diesmal in eine wilde Prügelei ausartete, bei der Ulam Singh den kürzeren zog. Er hinkte davon und stieß furchtbare Flüche und Verwünschungen in maharattischer Sprache aus. Von diesem Tage an suchte er offenbar unausgesetzt eine Gelegenheit, sich zu rächen. Und seine Rachsucht war so intensiv, daß sie ihn dazu brachte, jene geheimnisvolle, sorgsam vor mir verborgen gehaltene Fähigkeit zu benutzen, von der ich damals in Agra eine Probe erlebt hatte. Stellen Sie sich vor, Doktor, er kam auf den Gedanken, seine Kunst, das Wachstum eines fremden Organismus … doch nein! Ich will Ihnen die Geschichte von Anfang an erzählen.

Mein alter Philipp, der ein großer Tierfreund ist, hat vor ein paar Wochen von seinem Neffen, einem Forstgehilfen in Naßwald, einen possierlichen, ganz jungen Fuchs geschenkt bekommen, ein noch hilfloses, kaum acht Tage altes Tier, mit dem man spielen konnte wie mit einer Katze. Philipp gab sich die größte Mühe, ihn aufzuziehen. Der Fuchs war überaus drollig in seinen Bewegungen und schon nach ein paar Stunden der Liebling der ganzen Dienerschaft, so daß es tagsüber ganze Prozessionen nach dem kleinen Schuppen gab, in dem Philipp das Tier untergebracht hatte. Dort lag es, ließ sich tätscheln und streicheln und spielte den ganzen Tag über mit Holzstücken und Zwirnknäueln, die man ihm gebracht hatte.

Gegen acht Uhr morgens am nächsten Tage hörte ich plötzlich Lärm im Hof. Ich trat ans Fenster; der alte Philipp kam kreischend über den Hof gelaufen. Er schwenkte die eine Hand in der Luft, sah mich am Fenster, blieb stehen und wies schreiend mit der anderen Hand nach dem Schuppen.

Da kam blitzschnell irgend etwas hervorgeschossen ... irgend etwas Großes, Langgestrecktes, Rotes ... ein toller Hund dachte ich im ersten Augenblick. Mitten unter die Hühner fuhr das Phantom hinein, die nach allen Seiten auseinanderstoben. Dann raste es wütend hin und her zwischen den Mauern, die den Hof einschlossen, während Philipp mäuschenstill in einen Winkel gepreßt stand ... nur die Hand schwenkte er noch immer in der Luft.

Ich lief ins Nebenzimmer, riß die Jagdflinte von der Wand, lud, legte an und schoß.

Die ekelhafte Bestie überschlug sich, fiel nieder, schleppte sich noch ein paar Schritte weit und streckte dann alle viere von sich.

Ich lief in den Hof hinunter. Ein riesiger, steinalter Fuchs war es, der tot auf der Erde lag. Meine Kugel hatte ihm das Rückgrat zerschmettert.

Jetzt kam auch der alte Philipp aus seinem Winkel hervor. Er war totenblaß vor Schreck und zitterte an allen Gliedern.
›Das ist Ulam Singh gewesen, der indische Teufel! Er hat mir meinen kleinen Fuchs gestohlen und an seine Stelle diese wilde Bestie in den Schuppen gesperrt‹, jammerte er und zeigte mir seinen Arm. Er blutete aus einer tiefen Bißwunde. Der Fuchs hatte ihn, als er in den Stall trat und das Tier streicheln wollte, sofort angesprungen und sich in seinen Arm verbissen.
Ich ließ mir Ulam Singh kommen und überhäufte ihn mit Vorwürfen. Dabei mußte ich mir alle Mühe geben, ernst zu bleiben, denn die raffinierte und doch drollige Art seiner Rache belustigte mich mehr, als ich zugeben wollte.
Woher er sich so rasch das alte bissige Tier verschafft hätte, wollte ich wissen.
Aber aus dem Inder war nichts herauszubekommen. Er blieb bei allen Vorwürfen stumm und zuckte bloß die Achseln.
Er sollte doch wenigstens sagen, wo er das junge Tier versteckt hätte.
Ulam Singh gab keine Antwort.
Ich holte die Reitpeitsche aus der Tischlade, knallte ein paarmal durch die Luft, markierte fürchterlichen Zorn und drohte dem Inder, ihn auf die Straße zu jagen.
Aber Ulam Singh erschrak, als er mich zornig sah, und warf sich auf den Boden.
›Wo hast du das Tier versteckt, Halunke!‹ schrie ich.
›Sahib! Es ist der gleiche Fuchs!‹ jammerte Ulam Singh. ›Ich schwöre, es ist der gleiche Fuchs!‹
›Bist du verrückt?‹
›Er ist so alt geworden über Nacht! Ich schwöre, Sahib, es ist der gleiche Fuchs. Sieh den weißen Fleck auf der Stirne.‹
Ich ging in den Schuppen ... In der Ecke des Verschlages sah ich glimmende Holzkohle, und mit einem Male spürte ich je-

nen infernalischen Hanfgeruch wieder, und zu gleicher Zeit schoß mir ein Gedanke durch den Kopf, der mir im Augenblick toll, wahnwitzig und unmöglich schien, aber schon im nächsten festbegründete und unbestreitbare Wirklichkeit für mich geworden war.

›Ulam Singh!‹ forschte ich voll Aufregung. ›Du hast mit dem Fuchse dasselbe getrieben, was du damals in Agra mit der Orchidee getan hast!‹

›Ja, Sahib. Ich hab' ihn alt gemacht über Nacht.‹

›Wie hast du das angestellt, gib Antwort, oder ich zerschlage dir alle Knochen.‹

›Durch die Positur der Lotosblume‹, sagte der Inder zitternd. ›Und durch den Verzicht des Atems, welcher die Reinigung meines Körpers bewirkt. Unsere Weisen nennen das: die Padmasana.‹

›Was ist das, die Positur der Lotosblume?‹ forschte ich.

›Die Gewalt der Lotosblume ist sehr groß, der schmutzige Körpertopf muß gereinigt werden‹, gab Ulam Singh geheimnisvoll zur Antwort.

›Beschreibe mir, was du getan hast‹, drängte ich.

›Wille ist der Dünger, Entsagung der Regen, Versenkung die Sonne, sagten meine Lehrer‹, erwiderte Ulam Singh.

Mehr war aus dem Inder nicht herauszuholen. Immer gab er diese gleichen, formelhaften Antworten. Dafür aber zeigte es sich, daß die Scheu und die Zurückhaltung, die sich Ulam Singh bis dahin auferlegt hatte, gebrochen waren. In der Tat! Tag für Tag wiederholte sich jetzt das Orchideenwunder. Ein kleiner Orangenbaum, der in der Halle stand, trug eines Morgens vier goldgelbe Früchte, ohne daß ich vorher Blüten wahrgenommen hätte. Eine Bohne, die ich selbst in die Erde gepflanzt hatte, war tags darauf meterhoch emporgeschossen. Ein paar Farrenkräuter in einem Winkel des Gartens wurden plötzlich zu einem undurchdringlichen Dickicht. Eine neugeborne Katze strich schon am Abend zwischen den Schuppen umher und jagte Mäuse ... Sie sehen mich erstaunt an, Doktor, Sie wundern sich, daß ich von diesen Erscheinungen, die allen unseren biologischen Anschauungen widersprechen, erzähle, als ob sie das natürlichste und selbstverständlichste Ding von der Welt wären. Das Unfaßbare und Unerklärliche wird uns merkwürdig bald alltäglich. Der Mensch, der zum erstenmal das spukhafte Wunder des Telephons, das phantastische Ereignis des Aeroplans erlebt hat, war sicher im ersten Moment starr vor Staunen – aber nur diesen einen Moment lang, und schon im nächsten schien ihm das Wunder gewöhnlich und selbstverständlich, und er bediente sich seiner, als wär' es seit jeher dagewesen. So ist es mir ergangen. Nur einen kurzen Augenblick lang war ich fassungslos, vermochte ich zu staunen, dann aber war mir das Wunder ein Alltagsding geworden und schien mir so vertraut, als wär' ich groß geworden in Ulam Singhs verschlossener Welt rätselvoller Weisheit und zauberhafter Fähigkeiten und hätte es nie anders gewußt.

Jetzt freilich, da Ulam Singh tot ist, beginnen mir die Erlebnisse der letzten Tage wieder unfaßbar und schattenhaft zu werden, das Gefühl des grenzenlosen Staunens, das mich in der ersten Sekunde durchzuckt hat und dann erloschen ist, ist schon jetzt wieder erwacht, und ich sehe die Zeit nahe, wo mir der Inhalt der letzten Tage in meiner Erinnerung nur wie ein furchtbarer und angstvoller Fiebertraum sein wird, der niemals Wirklichkeit gewesen ist.

Und dennoch habe ich Ulam Singhs Experiment mit eigenen Augen gesehen und im eigenen Körper gefühlt – lassen Sie mich weiter erzählen, Doktor.

Es war ein paar Tage später, daß ich von Ulam Singh verlangte, er solle mich bei einem seiner Experimente als Zeuge anwesend sein lassen. Er sollte seine Kunst vor meinen Augen erweisen. Es war nicht Mißtrauen und im Grunde auch nicht Wissenstrieb, der mich dieses Verlangen stellen ließ. Es war Neugierde, nichts als Neugierde, und ich setzte schließlich meinen Willen durch.

Es wurde vereinbart, daß Ulam Singh das Experiment in meiner Anwesenheit an Gretls kleinem Fox Billy ausführen sollte. Ich erinnere mich noch deutlich aller der umständlichen Vorbereitungen, die der Inder traf. Der Schauplatz des Versuches war die Veranda. Der Fox war an ein Stuhlbein angebunden und spielte unausgesetzt mit einem Papierknäuel.

Das erste, was Ulam Singh tat, war etwas sehr Merkwürdiges. Er brachte einen schmalen Leinwandstreifen von der Länge eines halben Meters zum Vorschein, den schlang er hinunter und zog ihn sodann an seinem Ende wieder aus dem Hals hervor, langsam, Zoll für Zoll, – zur Reinigung des ›schmutzigen Körpertopfs‹, wie er sich ausdrückte. Das erscheint Ihnen unmöglich – aber die indischen Sadhus sind zweifellos, ich kann wohl sagen: nachweislich, in ungleich höherem Maße Herren ihres Muskelspiels als wir. Dann trank Ulam Singh Wasser in großen Mengen und spie es wieder aus – auch das zur Reinigung seines Körperinnern, weil diese, wie er mir erklärte, die Voraussetzung zur Erlangung der Herrschaft über die Kräfte der Natur bilde.

Nun brannte er ein kleines Holzkohlenfeuer an, mitten auf dem Boden der Veranda, und warf große Mengen seines grünlichen Pulvers auf die glühenden Kohlen.

Sogleich verbreitete sich jener penetrante Hanfgeruch, den ich schon wiederholt wahrgenommen hatte. Ich bekam starke Kopfschmerzen und ein wenig Atembeschwerden. Billy spielte noch immer mit seinem Papierknäuel. Ulam Singh nahm indessen die Lotospositur ein. Er setzte den rechten Fuß auf den linken Schenkel und ebenso den linken Fuß auf den rechten Schenkel. Dann griff er mit den Händen nach den Fußspitzen und hielt den Atem an. Ich stand hinter ihm und stellte mittels meines Taschenspiegels fest, daß tatsächlich jede Lungentätigkeit aufgehört hatte. Auch die Herztätigkeit schien erloschen zu sein. Die Augen quollen hervor, und die Adern an der Stirne begannen anzuschwellen und heftig zu schlagen.

Die Untersuchung des Inders hatte mich die ganze Zeit über derart in Anspruch genommen, daß ich das eigentliche Objekt des Versuches, den Foxterrier, ganz außer acht gelassen hatte. Jetzt erst wandte ich mich dem Hund zu.

Ein alter, triefäugiger Köter lag vor mir auf der Erde. Der Geifer rann ihm aus dem Maul, die Augen blinzelten mich müde an. Ich rief ihn bei seinem Namen. ›Billy!‹ rief ich. ›Billy!‹

Der Hund versuchte mühsam sich zu erheben, sank aber sogleich wieder kraftlos auf den Boden zurück. Ein paar Fliegen summten um seinen Kopf, aber Billy war zu müde oder zu faul, sie zu verscheuchen. Er stieß ein leises Jammern aus, das in ein Gähnen überging, streckte sich aus, blinzelte mich nochmals an und begann zu schlafen.

Ich kann Ihnen die Erregung nicht schildern, die mich ergriff. Nie vorher in meinem Leben habe ich ein so grausam wahres Bild der Trostlosigkeit des Alters gesehen. Der Hund, der vor einer kleinen Viertelstunde der Übermut und die Tollheit selbst gewesen war, und der jetzt kraftlos auf der Erde lag, zu müde, um die Fliegen zu verscheuchen, das war in einer Art erschreckend und schauerlich, die ich Ihnen heute schwer begreiflich machen kann. ›Billy!‹ rief ich nochmals. Der Hund wendete noch einmal den Kopf nach mir und begann kläglich zu winseln.

›Genug!‹ rief ich Ulam Singh zu. ›Es ist genug!‹

Ulam Singh schrak empor, holte tief Atem und blickte mich an. Dann wies er auf den Hund und lächelte.

Nach einigen Augenblicken stand er langsam auf, ging einigemal in der Veranda hin und her und blieb vor dem Hunde stehen mit einem Blick, der Triumph auszudrücken schien

und zugleich den Wunsch nach Lob und Anerkennung. Dann bückte er sich, nahm eine von den glühenden Kohlen in die Hand und näherte sie dem Hund.
Das Tier rührte sich nicht, obwohl die rotglühende Kohle seinem Kopfe näher und näher kam. Erst als die Glut ihm die Haare versengte, schnupperte er ein wenig und bog dann den Kopf schläfrig zur Seite. Der Hund war blind vor Alter, und das war es, was Ulam Singh mir hatte zeigen wollen.
Ich habe eiserne Nerven, aber das alles war mehr, als ich ertragen konnte. Es schien mir, als wäre das Tier an der äußersten Grenze seines Daseins angelangt, als müsse der dünne Faden, der es am Leben hielt, im nächsten Augenblick zerreißen. Ich sprang auf und verlangte von Ulam Singh – – ich glaube in sehr wirren und unzusammenhängenden Worten – – die Beendigung des Experiments.
Ulam Singh beeilte sich nicht eben sehr. Er warf wieder sein Pulverpräparat auf die Kohlenglut, ließ sich langsam und umständlich nieder, schöpfte einige Male tief Atem und nahm endlich die Positur der Lotosblume wieder ein – alles das sehr bedächtig und langsam, wie jemand, der durchaus keine Eile hat.
Diesmal beachtete ich sein Verhalten nicht weiter, sondern konzentrierte meine ganze Aufmerksamkeit auf den Hund. Einige Minuten hindurch konnte ich keine Veränderung an ihm wahrnehmen. Mit einem Male hob er scharf und kurz den Kopf, wurde unruhig, stieß Laute aus, aber kein Winseln mehr, sondern ein Knurren, und im gleichen Moment sah ich plötzlich wieder Leben und Bewegung in seinen Augen, er blickte zu mir auf, erkannte mich – und da schoß mir zum erstenmal jener wahnwitzige Gedanke durch den Kopf, der mich seither nicht wieder loslassen wollte!
Ich sah, daß das Experiment geglückt war. Und da durchfuhr es mich: der Versuch mußte wiederholt werden! Das alles

mußte ich nochmals sehen – aber nicht an einem Tiere, nicht an einer Pflanze, nein! An mir selbst!
Es war Wahnsinn, Doktor, der mir den Gedanken einblies. Tolle Begierde nach dem Unbekannten, Luft, mich ins Dunkle und Ungewisse zu wagen. Derselbe Trieb, der mich zwingt, einen glatten steilen Felsenturm, an dem kein anderes Auge Griffe für Hände und Tritte für Füße erkennt, zu erklimmen.
Doch die Größe der Gefahr, die unerwartet hereinbrechen sollte, konnte ich damals nicht ahnen. Sonst hätte ich niemals den frivolen und verbrecherischen Gedanken gefaßt, auch meine Tochter, mein einziges Kind, in die Sache hineinzuziehen. Ja, auch an ihr sollte das Experiment ausgeführt werden, ich war begierig danach, das Kind eine Minute lang in der vollen Schönheit eines reifen Weibes zu sehen, ich wollte in ihre Zukunft blicken, ich malte mir aus, daß sie dann ihrer toten Mutter ähnlich sehen müßte, die eine wunderschöne Frau gewesen ist – und da schlug plötzlich Lärm an mein Ohr – der Sessel war umgestürzt, an den der Hund gebunden war, Billy tollte in der Veranda umher, sprang auf den Tisch, kläffte, war wild, ausgelassen, übermütig, jung wie vorher – und in mir hatte sich jener Entschluß festgebohrt und festgefressen, der für mich viele Stunden der Angst und der Verzweiflung in sich bergen sollte, und für Ulam Singh den Tod.«

Das letzte Experiment

Der Baron schwieg eine kurze Weile hindurch, nahm sein Taschentuch vom Halse und besah die Blutflecken.

»Doktor!« sagte er dann. »Sie müssen die Güte haben, sich die Schnittwunde an meinem Halse anzusehen. Sie blutet unausgesetzt. Ich habe Ihnen wohl schon gesagt, daß ich vor ein paar Tagen am Nacken geschnitten worden bin. Natürlich: Gestern haben Sie ja vergeblich die Wunde unter dem Verbande gesucht – nun, da ist sie, Doktor, sehen Sie sich sie an. Ein bißchen Watte und ein kleines Stück Leinwand! So, das genügt schon, und jetzt will ich in meinem Bericht fortfahren.

Was ich Ihnen jetzt erzähle, wird für immer zwischen uns beiden ein Geheimnis bleiben. Nur mein Diener Philipp weiß noch davon, sonst kein Mensch im ganzen Hause. Das Aushilfspersonal, das ich gestern in aller Eile aufgenommen habe, wird abgelohnt und packt seine Sachen; in einer halben Stunde werden die Leute das Haus verlassen haben, keiner von ihnen wird mich zu Gesicht bekommen. Die alte Dienerschaft, die ich auf mein mährisches Gut geschickt habe, ist bereits telegraphisch zurückbefohlen. Sie werden mich alle genau so antreffen, wie sie mich vor ihrer Abreise gesehen haben. Kein Mensch wird wissen, daß ich inzwischen zwei Tage lang ein alter Mann gewesen bin. –

Das verhängnisvolle Experiment fand vorgestern um vier Uhr nachmittag in meinem Treibhaus statt. Ich hatte erwartet, daß Ulam Singh einige Schwierigkeiten machen werde, aber meine unverhohlene Bewunderung und das Interesse, das ich an seinen Versuchen nahm, machten ihm anscheinend solche Freude, daß er zu allem, was ich verlangte, bereit war.

Langsam und umständlich, wie immer, nahm er die Prozedur vor, die er ›die Reinigung des Körperinnern‹ nannte. Ich stand indessen neben dem dünnen Stämmchen, das Sie dort sehen, einem Mangobaum, der erst ein paar Monate alt ist; er war mir kurz zuvor aus Ceylon zugeschickt worden, und Ulam Singh hatte ihn am Vormittag jenes Tages im Treibhause eingepflanzt. Während Ulam Singh das Hanfpräparat auf die glühende Kohle schüttete und sich sodann in die ›Positur der Lotosblume‹ niederließ, besah ich den Mangobaum und hatte meine Freude an den schönen, blaugrünen Lanzettblättern. Gretl, die keine Ahnung davon hatte, was ich mit ihr beabsichtigte, spielte mit ihrer Springschnur unbekümmert um das, was um sie vorging; nur der Qualm des glimmenden Hanfes war ihr unangenehm, sie hustete und rieb sich die Augen. Ich beobachtete indessen das Anschwellen der Schlagadern an der Stirn Ulam Singhs, und die ersten Minuten vergingen, ohne daß ich eine Veränderung an mir selbst wahrnehmen konnte.

Das erste Auffällige, das ich spürte, war ein leiser Schmerz im Zahnfleisch, das heißt, es war eigentlich kein richtiger Schmerz, sondern eher eine gewisse Unruhe. Auch Gretl schien etwas Ähnliches zu fühlen, denn ich konnte beobachten, wie sie mehrmals mit der Hand über ihre Backen strich. Diese Erscheinung verging aber bei mir sehr bald, statt ihrer stellte sich ein leises Prickeln auf der Kopfhaut ein – ich notierte mir diese Beobachtungen samt den genauen Zeitangaben in mein Taschenbuch. Gleich darauf klagte Gretl über Schmerzen im Fuß. Sie setzte sich auf den Boden nieder und zog die Schuhe aus; ich konnte mir das nur damit erklären, daß ihr die Schuhe zu eng wurden. Gleichzeitig sah ich, daß eines der Schürzenbänder gerissen war; ein Knopf sprang ab,

und ein paar Nähte platzten. Es war klar, daß ihr Körper gegen das Kinderkleidchen zu rebellieren begann.
Jetzt stellten sich auch bei mir neue Erscheinungen ein, solche recht lästiger Art: ein starker Druck im Hinterkopf, ein dumpfer Schmerz im Kreuz und in den Handgelenken, dazu ein gewisses Gefühl der Leere und der Müdigkeit. Ich glaubte es plötzlich in allen Gliedern zu fühlen, daß ich im Begriffe war, ein alter Mann zu werden. Eine unbeschreibliche Angst erfaßte mich, aber ich drückte sie gewaltsam nieder und zwang mich, ruhig zu denken: in einer halben Stunde, sagte ich mir, ist alles wieder, wie es vorher war. Aber der Schmerz im Rückgrat nötigte mich doch, irgend etwas zu suchen, woran ich mich lehnen konnte. Nun wußte ich ja das dünne Mangobaumstämmchen hinter mir, an das lehnte ich mich also, aber ganz leicht und in dem Bewußtsein, daß es sofort elastisch nachgeben werde. Doch es gab nicht nach, etwas Fremdes, Breites und Festes war hinter meinem Rücken, und ich drehte mich um.
Wie soll ich Ihnen jetzt meine Überraschung beschreiben, wie soll ich Ihnen schildern, wie mir zumute wurde bei der erstaunlichen Veränderung, die sich meinen Augen darbot. Unter dem Einfluß der Kräfte Ulam Singhs war nämlich auch der Mangobaum gewachsen, er war alt geworden, so wie ich alt geworden war, er stand da, ein starker, knorriger Stamm mit faustgroßen Früchten. Und rings um ihn war unendliches anderes Leben entstanden, über und über war er von Schlinggewächsen umsponnen, aus der Erde kam es hervor, von seinen Ästen ringelte es sich herab, Efeugeranke mit blauen, gelben und feuerroten Blüten – vor meinen Augen wuchs der indische Zaubergarten hervor, den Sie gestern gesehen haben, Pflanzen, die ich nie vorher gekannt habe, waren jetzt auf einmal da – Sie, Doktor, waren es, der mir zum erstenmal ihre Namen nannte. Ein Blütenmeer dehnte sich nach allen Seiten und wurde zum undurchdringlichen

Dschungel. Aus allen Richtungen wurde ich angefallen. Ein Aufruhr der Pflanzenwelt! Ein dünner Zweig schnellte auf mich zu und schlug mir mein Taschenbuch aus der Hand. Ein riesiges Blattgewächs schob sich an mich heran und entfaltete sich knisternd wie ein Zeitungsblatt vor meinem Kopf. Ein bösartiges, kleines Bambusstöckchen versuchte mich in den Fuß zu stechen, mein Knie war plötzlich von einer blaublühenden Winde umschlungen und gefesselt, ich bückte mich, um es frei zu bekommen, und dabei fiel mein Blick auf Gretl.
Nein! Nicht auf Gretl. Auf eine fremde, schöne Frau, die ich nicht kannte. Ich muß Ihnen gestehen, Doktor, ich war in solcher Verwirrung, daß mich wirklich einen Augenblick lang der Gedanke beschäftigte: Was sucht diese fremde, schöne Frau in meinem Treibhause? Wer hat sie hereingeführt? Es war, als hätte ich mein Gedächtnis verloren, aber nur den Bruchteil einer Sekunde lang, denn die fremde Frau stieß jetzt einen Ruf des Entzückens aus und kniete auf die Erde nieder, ganz unbekümmert, so wie kleine Mädchen niederknien, und an dieser raschen, kindlichen Bewegung erkannte ich meine Gretl.
Sie hatte das hundertfältige Blütenwunder der Schlinggewächse erblickt und pflückte jauchzend eine Blüte nach der anderen, und dann wies sie mit den Fingern auf ein großes Farrenblatt hin, und ich sah zwei Ameisen von einer fast fingerlangen, rostroten Art, die auf dem Blatt hin und her liefen. Ich entsinne mich noch, daß es mir durch den Kopf schoß: Zum Teufel, wie kommt denn dieses tropische Ungeziefer hierher? Aber ich hatte keine Zeit, darüber nachzudenken, denn in diesem Augenblicke, da geschah das Fürchterliche.
Es war anfangs nur ein ganz leises Geräusch, das von den Blättern des Mangobaumes herzukommen schien, ein kaum hörbares Rieseln, ein Gleiten. Es wurde zu einem deutlichen

Rascheln, ganz nahe meinem rechten Ohr, und ich wußte noch immer nicht, was das zu bedeuten hatte, aber dann kam das Zischen, kurz und scharf.

Über Gretls Kopf hing eine Tik Paluga. Ceylons giftigste und gefährlichste Schlange war in meinem Treibhause. Die indische Kobra will immer fliehen, sucht, wenn sie nur irgend kann, sich zu verbergen, – aber die Tik Paluga greift sogleich jedes lebende Wesen an und beißt. Und da hing solch eine Tik Paluga zwischen den Blättern des Mangobaumes, hatte den Schwanz um einen Ast geschlungen, ihr Oberkörper schwang wie ein Pendel hin und her und zielte mit wütendem Zischen nach Gretls Kopf.

Ich wollte die Schlange packen und mit einem raschen Griff unschädlich machen – ich hatte in Indien gelernt, wie man mit Schlangen umgeht. Aber da fühlte ich plötzlich, daß ich nicht zugreifen konnte, meine Hände zitterten heftig, ich war ja ein alter Mann! Und da rief ich Ulam Singh zu Hilfe.

Ulam Singh hörte mich sofort. Er fuhr auf, sah die Schlange und erkannte die Gefahr. Mit einem blitzartigen Zufahren ergriff er die Tik Paluga am Schwanz und wirbelte sie im Kreise in der Luft herum. Ich kannte diese Art, Schlangen unschädlich zu machen, von Indien her, ich wußte, daß er jetzt den Schwanz des überraschten und durch die Raschheit der Bewegung betäubten Tieres loslassen und am Halswirbel zupacken würde – dann konnte die Schlange nicht mehr beißen. Aber – weiß Gott, wie das geschehen ist, wahrscheinlich hat Ulam Singh die Schlange nicht an der richtigen Stelle gepackt – die Tik Paluga glitt ihm durch die Finger, wand sich um sein Handgelenk und biß ihn in den Arm.

Ulam Singh schrie auf, starrte mich einen Augenblick wortlos an und ließ die Schlange zu Boden fallen. Ich sprang zu und zertrat ihr den Kopf. Das alles hatte sich gedankenschnell abgespielt. Von dem Moment, in dem ich das Zischen der Schlange zuerst gehört hatte, bis zu ihrem Biß waren nur Sekunden verflogen. Gretl hatte nichts bemerkt und pflückte noch immer die Blüten der Lianen, hinter ihr aber wand sich Ulam Singh in Krämpfen auf dem Erdboden.

Was sich eigentlich zugetragen hatte, woher die Schlange in mein Treibhaus gekommen war, dafür fand ich erst später die Erklärung. Des Inders geheimnisvolle Fähigkeit, die ›Gewalt der Lotosblume‹, wie er sie nannte, hatte nicht nur den Mangobaum, sondern alles, was an lebenbergenden Keimen, dem Auge unsichtbar, in seinen Blättern, in seinen Wurzeln, in seinem Erdreich verborgen, die Reise von Ceylon in mein Treibhaus mitgemacht hatte, zu einem fieberhaft raschen Wachstum gebracht. Samen von allerlei Gewächsen, die der Tropenwind angeweht hatte, Eier von Insekten und von Reptilien, die an den Blättern klebten, sie alle waren mit dem Mangobaum zugleich durch die Kraft der ›Padmesana‹ zur Entwicklung gekommen. In dem Mangobaum waren, unsichtbar dem menschlichen Auge, die Wunder und die Gefahren des indischen Urwalds verborgen gewesen, und die waren jetzt wild emporgeschossen und bedrohten uns alle mit Verderben.

Das kam mir aber erst viel später zum Bewußtsein. In jenem Augenblick kniete ich neben Ulam Singh und bemühte mich, ihm den Arm oberhalb der gebissenen Stelle abzuschnüren.

›Vater, was fehlt dir?‹ hörte ich Gretl ängstlich neben mir rufen. ›Wie siehst du aus? Ganz anders als sonst!‹

›Ich bin krank, mein Kind‹, gab ich zur Antwort.

Gretl beruhigte sich bei dieser Erklärung. Ich zog meinen Taschenspiegel hervor. Ein verrunzeltes und verfallenes Gesicht blickte mir daraus entgegen, das Gesicht eines alten Mannes. Mein Haar war grau geworden, und erst jetzt wurde mir die ganze Tragweite der furchtbaren Wendung, die das Experiment genommen hatte, bewußt: So wie ich mich in

dem Spiegel sah, so mußte ich bleiben, wenn Ulam Singh starb!
Aber da war in all meiner Verzweiflung etwas, was mich tröstete und aufrecht erhielt: Ich merkte keine Änderung meiner psychischen Beschaffenheit. Ich vermochte, genau wie vorher, ruhig und geordnet zu denken und zu überlegen. Ich stellte mit vollkommener Ruhe fest, daß nur mein Körper gealtert war, daß aber meine geistigen Kräfte: Entschlossenheit, Energie und rasches Denken, mir ungeschwächt erhalten geblieben waren.
Es war sicher, daß Ulam Singhs Gewalt nur den Körper altern gemacht hatte. So wie in Gretls Frauenkörper noch immer die Seele des elfjährigen Kindes lebte, so waren meine eigenen geistigen Kräfte, Gefühle und Empfindungen jung und stark geblieben und nur in einen siechen, greisen Körper gesperrt.
Während ich noch neben Ulam Singh kniete, hörte ich meinen alten Philipp an der Treibhaustür pochen und rufen. Doktor, es würde viel zu lang währen, wenn ich Ihnen schildern wollte, was es für Mühe kostete, dem alten Manne zu erklären, was sich ereignet hatte, und, daß ich wirklich sein ›gnädiger Herr‹ war. Genug, es gelang mir, und nach zehn Minuten hatte ich den jammernden und ganz fassungslosen Philipp so weit, daß er mir brachte, was ich benötigte, vor allem übermangansaures Kali, von dem ich sogleich eine Dosis in Ulam Singhs Arm einführte.
Ich konnte bald feststellen, daß die Injektion von guter Wirkung war. Die Krämpfe ließen nach, auch stellte sich kein Anschwellen der Gliedmaßen ein; ich hatte Grund, zu hoffen, daß für den Augenblick das Ärgste abgewendet war; jetzt galt es, für rasche, ärztliche Hilfe zu sorgen.
Das ging nun freilich nicht so leicht, wie ich wünschte. Das Treibhaus durfte ich nämlich nicht verlassen. Keiner von meinen Leuten sollte mich zu Gesicht bekommen. Philipp

schickte sie alle auf mein mährisches Gut – – ich weiß gar nicht, welchen Vorwand er zu Hilfe nahm, ich glaube, er sprach von einem Blatternfall in der Nachbarschaft. Erst um sechs Uhr abends war das Haus leer, und ich konnte ans Telephon. Gretl hatte inzwischen ein Kleid aus der Garderobe der abgereisten Französin bekommen, das ihr leidlich paßte. Ihren Namen, Doktor, kannte ich, da ich mich Ihres Eingreifens in die Kriminalaffäre Hallasch und der Dienste, die Ihr Karasin-Serum damals der Polizei geleistet hat, sehr gut entsann. Sie schienen mir der einzige Mensch zu sein, von dem Hilfe zu erwarten war. Ich setzte mich daher mit Ihrem Freund, dem Architekten, der die Pläne zu meiner Villa entworfen hat, in Verbindung.

Eine Stunde währte es, ehe Sie kamen, und wissen Sie, wie ich diese Stunde verbracht habe? Ich bin von Zimmer zu Zimmer gegangen und hab' alle Spiegel versteckt oder verhängt, denn Gretl sollte ihr Bild nicht sehen, sie durfte nicht erfahren, was mit ihr geschehen war und welches Verbrechen ich an ihr begangen hatte. Nur an einen einzigen Spiegel hab' ich vergessen, an den Spiegel auf der Veranda. – Sie haben mich sicher für verrückt gehalten, als ich ihn so rasch zerschlug, ehe Gretl zum Frühstück kam. Dennoch hat meine Tochter heute nachts in einem Spiegel, dessen Vorhang zu Boden gefallen war, ihr Bild gesehen. Aber sie hat sich selbst nicht erkannt und sich vor der fremden Frau gefürchtet. Jetzt ist alles glücklich vorüber, und ich kann die Tücher von den Spiegeln nehmen lassen.

Ich glaubte, für alles gesorgt, jede Möglichkeit vorbedacht zu haben – – dennoch ist mir manches entgangen. Als Sie gestern unter meinem Verbande keine Wunde gefunden haben – – Doktor, glauben Sie mir, ich war im ersten Moment ebenso erstaunt und überrascht wie Sie. Und es war doch so klar, daß mit dem Altern meines Körpers zugleich auch meine Wunde verheilen und die Narbe verschwinden mußte.

Jetzt ist sie auf einmal wieder da, und ich glaube, ich habe viel Blut verloren, ehe Sie mir den Verband erneuerten.
Daß Sie mir das Karasin-Serum verweigerten, war mir eine furchtbare Enttäuschung. Mir blieb nur noch die einzige, schwache Hoffnung, daß ich selbst Ulam Singh vor seinem Tode noch einmal zum Bewußtsein bringen und ihn veranlassen könnte, sein Experiment zu beendigen. Heute nacht, als Sie mich überraschten, hatte ich den Versuch gewagt – – er war kläglich mißlungen.
Ein- oder zweimal, Doktor, war ich auf dem Wege, Ihnen alles zu beichten, was geschehen war. Aber im entscheidenden Moment brachte ich es doch nicht über mich. Ich schwieg, nicht aus Feigheit und nicht aus Angst vor Vorwürfen. Nein! Ich mußte jedoch damit rechnen, daß Ihr Karasin-Serum versagen, daß Ulam Singh sterben könnte, ohne das Bewußtsein wiedererlangt zu haben. Für diesen Fall war ich entschlossen, mich mit Gretl in irgendeinen versteckten Winkel der Welt zu verkriechen, wie ein krankes Tier. Dann hätte niemand unser Unglück erfahren dürfen, niemand, auch Sie nicht, Doktor, denn es gibt nichts Schlimmeres, als um eines Schicksals willen bemitleidet zu werden, das man durch eigene Schuld auf sich gezogen hat.
Nun, Doktor, wissen Sie, wofür wir Ihnen zu danken haben, Gretl und ich. Das Kind freilich wird es nie erfahren dürfen, Doktor, darum muß ich Sie bitten – – doch still! Ich glaube, das ist sie.«
Die Treibhaustür war stürmisch aufgerissen worden, und die Baronesse hüpfte herein. Hinter ihr kam Melitta Ziegler.
»Felix!« rief die Schauspielerin und faßte ihren Bräutigam bei beiden Händen. »Bist wieder hübsch beinand'? Na, weißt, du hast mir einen schönen Schrecken eingejagt. Kannst dich bei dem Herrn Doktor bedanken, daß du so gut davongekommen bist. Das ist übrigens ein spaßiger Mensch, dein Herr Doktor. Weißt du, womit er mich unterhalten hat,

vorhin? Er und der Spatz wollen heiraten, hat er mir erzählt, und hat ganz ernst dabei dreing'schaut – – ich bin ihm wirklich aufg'sessen und hab' zu schimpfen ang'fangen.«

Dr. Kircheisen wurde blutrot im Gesicht, senkte den Kopf und schwieg.

Der Baron sah die Verlegenheit des Arztes. »Gretl!« sagte er. »Gib dem Herrn Doktor einen Kuß und sag: Dank schön!« Und ganz leise, nur für den Arzt allein hörbar, setzte er hinzu: »Er hat mir mein Leben und dir deine Jugend gerettet.«

Und die kleine Baronesse stellte sich auf die Fußspitzen und machte sich so groß als möglich, spitzte dann umständlich die Lippen und gab dem Dr. Kircheisen den Kuß, genau den gleichen, der ihn tags zuvor zweimal so selig und stolz gemacht hatte und der doch nur der gedankenlose Kleinkinderkuß des elfjährigen Mädchens war, das folgsam und artig den Spielkameraden küßt oder den braven Onkel.

Ende

Königskerzen und Narzissen, Rosen, Nelken und Vergißmeinnicht, Stiefmütterchen und Reseden blühten in ihren Töpfen und in ihren Beeten auf, wurden begossen, dufteten ein paar Wochen hindurch und verwelkten wieder, wenn ihre Zeit um war. Der Garten des Barons war geheimnislos geworden: Wind und Sonne, Regen und Tau hatten ihre uralten, ewigen Rechte wieder an sich genommen, die ihnen der Gärtner des Pravati-Heiligtums in Agra für eine kurze Spanne Zeit entrissen hatte.

Dr. Kircheisen unternahm zwei Tage nach Ulam Singhs Tod seine Reise nach Korfu. Das eifrige Studium der Reptilien- und Insektenfauna der Ionischen Inseln ließ ihm keine Zeit, in seinen Gedanken den Erlebnissen in des Barons Villa allzuviel nachzuhängen, und jene große und verzehrende Leidenschaft, der solch eine grausame Enttäuschung gefolgt war, erlosch allmählich. Als er in seine Wiener Wohnung heimgekehrt war, hatte er monatelang mit der Sichtung und Verarbeitung des gesammelten wissenschaftlichen Materials zu tun, und die Anzeige der Trauung der Hofschauspielerin Melitta Ziegler mit dem Freiherrn von Vogh, die er auf seinem Schreibtisch vorfand, vermochte ihn kaum fünf Minuten lang von seiner Arbeit abzulenken. Seine Haushälterin Bettina überraschte er eines Tages, nach Durchsicht seines Notizbuches, durch die Mitteilung, daß er sich im ersten Stock eine neue Küche einzurichten und die alte in eine Dunkelkammer umzuwandeln gedenke – er hatte in seiner Zerstreutheit vergessen, daß diese außerordentlich praktische Idee aus dem närrischen Geplauder eines spielenden

Kindes in sein sonst mit lauter biologischen, histologischen und embryologischen Ernsthaftigkeiten angefülltes Notizbuch geraten war. Es bedurfte der vollen hauswirtschaftlichen Autorität Bettinas, um den Doktor von seinem Vorsatz abzubringen.
Hie und da, wenn auch nicht allzuhäufig, wurde er auch später noch an seine Krankenvisite in der Hietzinger Villa erinnert. Eine Ansichtskarte, die ihm aus irgendeiner überseeischen Gegend zugeflogen kam, ein paar Zeilen in einer Zeitung, die von einer neuen Erstbesteigung des bekannten Hochtouristen Felix Freiherrn von Vogh berichteten, gelegentliche Notizen in der Rubrik »Sport und Gesellschaft«, in denen der Baron unter den Teilnehmern an einem Hoffest oder an einem Fechtmeeting genannt war, zeigten dem Arzt, daß sein ehemaliger Patient den Becher des Lebensgenusses, den ihm ein seltsames Geschick beinahe aus den Händen geschlagen hätte, bis zur Neige auszuschlürfen entschlossen war. Dr. Kircheisen beneidete ihn um all diese Zerstreuungen nicht. Sein Studierzimmer bot ihm mit seiner Sammlung von Büchern und Präparaten, sauber etikettiert und alphabetisch geordnet, die gleiche Summe irdischen Glücks, die der Baron auf seiner ruhelosen Jagd durch alle Taumel und Räusche dieser Welt zu erraffen suchte.
Doch auch für Dr. Kircheisen gab es Augenblicke, in denen er sich aus der Stille seines Eremitendaseins in jenes reichere und buntere Leben sehnte, dem er einmal beinahe Aug' in Aug' gegenüber gestanden war. Das war, wenn er an schönen Tagen in den Straßen der inneren Stadt der Baronesse Vogh begegnete, die artig an der Seite ihrer Gouvernante spazierenging, im kurzen Kinderkleidchen, den Reifen in der Hand – das kleine elfjährige Mäderl, das einmal einen Herbsttag lang seine Braut gewesen war.

Inhalt

Eine späte Visite 5

Der Patient 16

Die Baronesse 26

Ein Verdacht 36

Die Ersteigung der Cima Undici und – 47

– einer Stiege 59

Die Wachteln von Allahabad 71

Ein Urwaldabenteuer 85

Die Bürste 101

Der letzte Gast aus Ceylon 113

Spuk in der Nacht 122

Das Karasin-Serum 129

Der Tempelgarten in Agra 140

Die Positur der Lotosblume 154

Das letzte Experiment 164

Ende 174